鲁甸在崛起

LUDIAN
ZAI JUEQI

曾令云◎著

云南出版集团
云南人民出版社

图书在版编目（CIP）数据

鲁甸在崛起 / 曾令云著. -- 昆明 : 云南人民出版社, 2017.10
ISBN 978-7-222-16530-4

Ⅰ. ①鲁… Ⅱ. ①曾… Ⅲ. ①纪实文学 – 中国 – 当代 Ⅳ. ①I25

中国版本图书馆CIP数据核字(2017)第238079号

策　　划：李　维　赵石定
出 品 人：赵石定
责任编辑：刘　焰　徐　霞
装帧设计：马　滨　杨晓东
责任校对：陈春梅
责任印制：洪中丽

LUDIAN ZAI JUEQI
鲁甸在崛起
曾令云　著

出版　云南出版集团　云南人民出版社
发行　云南人民出版社
社址　昆明市环城西路609号
邮编　650034
网址　www.ynpph.com.cn
E-mail　ynrms@sina.com
开本　787mm×1092mm　1/16
印张　14
字数　150千
版次　2017年10月第1版第1次印刷
印刷　中国石化集团滇黔桂石油勘探局昆明印刷厂
书号　ISBN 978-7-222-16530-4
定价　35.00元

云南人民出版社微信公众号

如需购买图书、反馈意见，请与我社联系
总编室：0871-64109126　发行部：0871-64108507　审校部：0871-64164626　印制部：0871-64191534

鲁甸在崛起

目录
CONTENTS

第一章

2014年8月3日，是中华民族又一次痛彻心脾、肠如轮转的国殇之日……

那天下午4：30，鲁甸龙头山突然发生里氏6.5级的强烈地震。它是云南14年以来最大的一次地震，它发生在东北向西鱼河——昭通断裂带附近，为走滑式地震。震源只有12公里，并在6秒左右，完全释放了6.5级地震的能量，故当量极大，使得震中裂度高达九度。专家说：若再高点，地面的建筑都会飞向高空。它直接波及巧家、会泽、昭阳等地，而鲁甸的龙头山、火德红和巧家的包谷垴、老店为极重灾区。使得617人罹难，112人失踪，23余万人受灾需紧急疏散安置……

鲁甸东北与昭阳接界，东南和贵州威宁毗邻，西南部隔牛栏江与会泽、巧家相望，境内平均海拔1900米左右。它物华天宝、人杰地灵，是西南工商巨擘李耀庭的故乡，并养育了首屈一指、研究郑和下西洋的史学大师李泽厚先生。龙头山更是一个钟灵毓秀、神秘而美丽的地方，若选胜登临，极目远眺，不管谁人，都会深切地感到龙头山有一种震撼心灵的大气之美。它金沙龙盘、乌蒙虎踞、群峰叠嶂、山峦逶迤、沉郁厚重、磅礴雄浑，人只有站在这里，才知道什么叫皇天后土、大野常川，这里是山的国度，云的海洋。

当年诸葛亮奉命南征，七擒孟获，巩固后方时，曾到过龙头山。西南正史《华阳国志》十分清楚地写道：孟获，朱提人也，他随诸葛亮去了成都、官至蜀国的监察御使，即当今的纪委书记。春秋战国前后，龙头山名曰：朱提山，故那时的昭通便以朱提冠名，其后为乌蒙，改土归流后，才由雍正皇帝赐名为昭通。

诸葛亮站在两汉时期，朝廷冶炼朱提银的遗址上，便颇为感叹地说道：朱提山有如此丰厚优质的银矿，对蜀国的生存发展，完成汉室的大统，举足轻重、命运攸关，有朱提山为后盾，我便可北征讨伐吴曹……

巍巍然屹立的龙头山，它没有泰山的帝王之尊，也没有黄山的才子之气和华山的奇险之峰，更没有庐山的诡谲多变。但蜿蜒起伏，堆金砌银的逶迤群山，却守望在时光的漫漫长河中，平凡而伟岸，安详而沉着，质朴而奇崛。并以它博大的襟怀，把天给予的灵气和无穷无尽的财富，大度地馈赠给勤劳、善良、敦厚而诚恳的龙头山人，让他们世世代代地在这里繁衍、生息、万世不绝。

龙头山朱提银的开采冶炼，始于春秋战国，兴于两汉，鼎盛于明清。清嘉庆时期，云集了来自全国各地的10万之众，从而支撑了明清两个王朝的很大一部分江山。10万人聚集在这里，促进了龙头山古镇的建设和商贸的发展，除了矿洞里掘矿和满山遍野冶炼矿石的工人外，古镇上居住着2万多人。所以，建筑风格各异的楼房鳞次栉比，商铺、酒肆、茶馆林立，甚至还有轻歌曼舞、丝弦不绝的妓院。在房屋的建筑结构中，既有中原的四合院，天人合一的布局，又有江南水乡玲珑剔透的韵味，更有巴蜀的民居造型，同样不缺湖广气派、典雅的风格。大街宽畅，一律用青石板铺砌，街市繁华、喧腾。每年为朝廷提供上乘滇金1万两，朱提银超过100万两，铜、铅、锌几十万斤。因朱提银质地优良且纯度高，朝廷便规定，它和产于其他地方的比值是1∶1.5，用此计算，龙头山为朝廷提供的银子200万两以上。若加上流于民间、官府鲸吞和供龙头山商贸及生活用度的流通，每年产银总量超过300万两。这是多么惊人而使人们感到骄傲和自豪的事啊，所以，不少人便以拥有朱提银感到荣耀。唐朝大政治家、大文学家韩愈有两个用朱提银制作的酒杯，他便感到特别的惬意、舒畅，每当同僚和文友来访，他不仅喋喋不休地夸耀，递给别人把玩、鉴赏外，还写诗吟道："我有双饮盏，其银得朱提。"蒲松龄对朱提银也情有独钟，必欲得之，故在他的《聊斋志异》中，精彩地多次描写过朱提银。当年，我在中央党校深造时，曾和同学去过十三陵，在展室里除皇后的凤冠外，还有一锭朱提银，400多年过去了，它没有被氧化和因掘于地宫受腐而变黑，仍熠熠闪烁着诱人的银光。

以往的典籍中，把鲁甸描绘为遍地是银子的地方。不错，在嘉庆时期，拉一车粮食，或者猪、羊、牛肉到龙头山，就能换回数量可观的银子。以后，朱提银的开采冶炼便慢慢地冷落消失了，它不因矿源枯竭，而是粮食、肉食紧张、燃料奇缺，造成开采成本高，甚至得不偿失，龙头山古镇开始萧条，便成为一种必然。但是，南来北往的淘金者、工匠、商贾却有不少滞留在龙头山，他们娶妻生子、成家立业，不断地繁衍生息，从而使中原、吴越、湖广和川黔的文化在这里交融激荡，文明之花在这里绽放，龙头山变得更加瑰丽多姿……

老天爷是公平的，它把神州大地交给人们时，是眷顾众生，让人们各得其所，所以昭通人便说，天生一棵苗，必有一颗露水珠。在960万平方公里的华夏大地上，有富饶、丰腴的鱼米之乡，有风吹草低见牛羊的广袤大草原，更有一望无垠的浩瀚大海，莽莽苍苍的大山峻岭，也有狂风呼啸、飞沙走石、气候恶劣、无法让人生存的戈壁、沙漠……这是上天对人们的恩赐。龙头山磅礴逶迤的群峰，上天只能赐以它金、银、铜、铅、锌和茫茫的原始大森林，以及缠绕在脚下的牛栏江和相邻不远的金沙江。嘉庆以后的100多年间，由于种种让人无法摆脱的制约因素，龙头山慢慢地由工变农，最后定格在日出而作、日落而息、耕读为本的劳作上。整个鲁甸便随之失去遍地是银，曾支撑过两汉、蜀国、明清几个王朝的辉煌，成了现在41万人口中，就有39万农业人口的国家级贫困县。在龙头山八宝村，除了皇家开采冶炼朱提银督办署遗址和树冠团团如盖，缕缕花香扑鼻的金银桂花树外，只有几节残碑和刻骨铭心的记忆。

20世纪80年代初，我曾以地委领导的身份去过龙头山，那时战天斗地的遗风犹存，在各级党政领导的指示督促下，农民群众顶着挥汗如雨的酷暑，筚路蓝缕、殚精竭虑，改山林为梯田、台地。并放炮开山，用鲜血和汗水搬来成千上万吨石头，砌成整齐划一的挡墙，层层叠叠、气势恢宏。我站在山脚，抬眼望去，蔚为壮观的梯田、台地，犹如欧洲中世纪，高大雄伟的城堡。我颇为感慨，颇为赞叹，觉得这种改天换地的精神惊风雨、泣鬼神，觉得毁林开荒，让每个农民有一两亩这样的梯田、台地，就不会挨饿了……

以后，我去了中央党校，两年毕业回来后，便去了教育学院和师专，一在就是十二三年，重新回到地委工作后，因从事的工作不同，那些年就没有机会再去龙头山了。撤地建市后，我任了市委的巡视员，有机会去龙头山，便以读书人的身份，受鲁甸文化名人和地方史专家邀请去到那里。谈论的问题便是朱提银，瞻仰的便是废弃的矿洞和冶炼朱提银的残渣。更让我们兴奋激动的便是八宝村的遗址，以及香气醉倒龙头山的桂花树。往往这时，不会有人再提起梯田、台地，文化人没有这方面的兴趣，我却别有一番心思注心头。便会情不自禁地放眼看去，就想在郁郁葱葱之中，看到当年农民群众用鲜血和生命垒起来的梯田、台地。但却寻觅不到，是被树荫和新建的民宅遮住了，还是自生自灭了，我不得而知。我喜欢龙头山，并不是它成就我创作了近百万字的长篇小说《乐马厂》，而是如诗如画的自然风光和历史底蕴厚重的人文环境……

从县城驱车来鲁甸，翻过垭口，进入眼帘的便是一溜狭长的坝子，阡陌纵横，翠绿葱茏中，房舍参差，鸡鸣狗吠。坝子中间，一条清澈见底的河流，弯弯曲曲，像一条翡翠的玉带，绿得晃眼睛并潺潺流淌而去，卵石斑驳，鱼翔浅底，万类晴天竞自由。时有赤身裸体的娃娃在河里嬉戏和捞鱼摸虾，一切的一切，为人们勾勒出了一幅幅恬适、温馨、自由的农耕文明之瑰丽画卷。

走出龙头山镇这狭长、富饶的小坝子，又是另一种韵味，崇山峻岭中，缕缕炊烟袅袅飘浮的地方，便是居住在白云生处的农家。有的地方只有三五家、七八家，较为平坦的地方，有十多家，甚至二三十家，俨然组成了一个个村民小组和社区。他们没有能力讲究，前些年搞穿衣戴帽，就是没有闲钱余米，拉账拽钱，也得买些瓷砖和涂料，把土坯房穿衣戴帽，装饰得新崭崭的，老实善良的农民，总把乡镇、村社领导的指示，当成圣旨，把旧寨子弄成新农村。

改革开放，大大地促进了经济的发展和社会的进步，龙头山读过高、初中的男男女女坐不住了，他们从报纸杂志和电视上看到了，大山外面的神州大地更是莺歌燕舞、生机勃勃，觉得外面的世界真精彩，约上几个同伴，就想出去闯闯。他们前往昆明、成都、重庆，甚至深圳、上海和北京打工，并且很快就融进了五光十色的世界。

龙头山不少的村民，其先辈来自湖广、巴蜀、秦晋和中原，受遗传基因的决定，他们一旦出去，便用自己的聪明才智，打造出了一片新天地。经过艰难的打拼和磨砺，小小的龙头山竟然有了好几个百万、千万，甚至上亿的富翁。他们从事流通、建筑、房地产和矿冶，不仅在昭通纵横捭阖、游刃有余，还把事业发展到省城，乃至外省的大都市，让人刮目相看，颇为感叹。

这就是我眼里和记忆中的龙头山。

2014 年 8 月 3 日下午 4：30，山清水秀、花团锦簇、生机勃勃的龙头山，却被 6.5 级的强烈地震变成满目疮痍的废墟……

那天恰逢赶集的日子，街上人头攒动、笑语喧喧、繁华热闹。收购山货野味的客商，不停地穿梭于卖花椒、核桃和野生菌等人群中讨价还价，气氛尤为浓烈。家住在白云生处的村民，拉着孙子，邀约上乡邻，已经踏上了归家的山路，他们兴致勃勃，绘声绘色讲述着儿女、媳妇在外省打工的各种趣事、传闻。并带着几分自豪且炫耀的口吻，欣喜地说道：儿子今天又给他的卡上打来一千块钱，今天到信用社问了，卡上有三千多块了。有个老大妈更是满脸灿烂地说道，大孙女在苏州找到男朋友了，就是苏州当地的人，家里有水塘，喂了上万只螃蟹，家境很好，小伙子也长得逗人想。去年，孙女回来，还给我买了手机，隔街上远了，打不通，所以不管有事无事，只要逢赶场天，就是来回跑三四十里路，都要来龙头山镇上，为的就是给孙女打电话。今天还把照片发到我的手机上，打开就像看电视那样，还是彩色的。老人说着，就要打开手机，让乡邻看看。没有来赶场的山里人，趁天气好，忙着上山摘花椒，晒干后，带着放暑假的读书娃娃，背到镇上来卖给四川来的客商。

牛栏江、金沙江两岸不管是河谷，还是江岸边的山峦上，由于受地形影响，气候十分炎热，出产的不管是青椒，还是大红袍，都受四川客商的青睐。花椒能去湿生津、开窍除腥、调味增香，四川、重庆湿热，巴蜀人便对大红袍、青椒特别喜欢，情有独钟，神思遐想，觉得只有吃它，才过瘾解馋，一日不见，心里便空落落的，必魂牵梦萦……此时，龙头山所有的芸芸众生，都处在神往、憧憬、从容淡定之中，但谁也没有想到，瞬息之间便天翻地覆、岩崩山裂，硕大的石头挟着震耳欲聋的轰鸣声，翻滚而至，搅得朗朗晴空天昏地暗……错落有序的房屋顺势坍塌了，腾起巨大的烟柱，整个龙头山、火德红和巧家的包谷垴、老店子，便被灭顶之灾所笼罩，倏地，几千生灵便被掩埋在垮塌的泥石流和房屋的废墟之中……

有先哲说：人们最恐惧的是被野兽撕碎、吞噬，独不怕被土地埋葬，人们把自己交给土地最为放心，谓之曰：归宿。而祖祖辈辈居住在白云生处的山民，社会地位十分卑微，与世无争，他们以善为德，日出而作，日落而息，恬适、淡然、从容、敦厚。他们平凡得再不能平凡，故生无济于事，死无关乎数，他们清清白白做人，坦坦荡荡处世，仰不愧于天，俯不愧于地。为什么老天爷在顷刻之间，就把灭顶之灾降给他们，并将不少的人掩埋在山崩地裂和轰然倒塌的房屋之下……

地震不到一个小时，救援的队伍从四面八方赶来，在县城通往龙头山的公路上，全是救援的汽车和奔跑的救援人员……

地震发生的第一时间，党中央、国务院高度重视，习近平总书记和国务院总理李克强立即做出要把抢救生命放在第一位的重要指示。从而擂响了大国救援的鼙鼓……

晚上 8 点左右，时任省长的李纪恒和副省长尹建业赶到灾区。此时下起了大雨，余震不断，斗大的滚石不断，掀起滚滚烟尘，市委的领导要求李纪恒不要进入震中，那里太危险，明天再进入震中，李纪恒斩钉截铁地回答道：

“明天才进入震中，我连夜赶来干什么，我现在必须进入震中，无非一死嘛！”

屈原《国殇》的最后一段，我把它翻成白话文，它彰显出来的是中华民族面对任何灾难，伟大而不朽的视死如归精神：

“挟着秦弓，带着长剑，首身分离，心中也不悔。精诚勇敢又威武。刚强之气终不减。身即死去，精神犹存，你的灵魂啊，成为国中之雄！”

茫茫黑夜中，龙头山大国救援惊风雨、泣鬼神，华夏民族又在西南边陲，极为偏僻的莽莽群山中，奏响了时代的最强音。

第二天清晨，李克强受习近平的委派和嘱托，带领有关部门的领导、专家，飞赴灾区。头天晚上，龙头山下了瓢泼大雨，震后散架而疏松的大山，被洪水猛烈冲刷，加之余震不断，山体垮塌，泥石流不断，进入灾区的唯一通道被滚石堵断，竟有三四公里之多，徒步进入灾区的各路救援人员，都面临巨大的危险。

李克强总理乘坐的飞机，穿过八百里秦川，越过莽莽苍苍的秦岭，俯瞰着巴山蜀水和乌蒙雄奇险峻的大山，稳稳地降落在停机坪上。他不吃午饭，甚至连茶水都没有喝一口，很快下了舷梯，登上中巴，便径直向龙头山驰去。到了沙坝，路就断了，这里距震中还有六公里，他没有半点犹豫，便毫不迟疑地迈开了步子，踏着泥泞，冒着纷纷坠落的流石，穿行在被塌方、滚石毁坏的坎坷而十分危险的路上……

龙头山的强烈地震，李克强在第一时间带着以习近平同志为核心的党中央的关爱，带着习近平总书记的殷殷嘱托和全国人民的厚望，来到了难民中间，和他一起来灾区的还有政治局委员、副总理汪洋，国务委员杨晶。

他个子高挑、身体匀称、反应敏捷，沙坝通往龙头山的路上尽管坎坷不平、险象环生，但李克强却走得很快。他全然不顾自己有无危险，一边走、一边看，见到的是震后破碎的山河、倒塌的房屋，他的心情显得格外沉重，便问跟在身边的省委和市委的领导：灾情如何，夜里赶到灾区的救援队伍有多少，转移出来的伤员是否得到即时救助，难民都安置了吗？得到的回答是：地震发生只有15分钟，市委、市政府就启动了一级应急措施，随即几个主要领导就赶往灾区，组织、协调和指挥抗震救灾。地震发生不到一个小时，就有200多官兵进入灾区，实施救援，已救出掩埋在废墟中的群众76人，做出了及时处理后，大多转移到县城医院救治，刨出受难者的遗体69具。进入灾区的道路完全中断，完全用人力扛进了一百多顶帐篷，连夜抢搭后，安置了老弱病残和孩子一千多人。

李克强总理走到骡马村口，突见一个中年男子背着受伤的小男孩疾步走来，他忙迎上前去，由于只管照顾这个孩子，他双脚一滑，一个踉跄过去，好在他身手敏捷，手掌便扑在泥泞里，没有跌倒在地上。他转身，旋即就在旁边的泥水里，随便把手上的泥泞洗去，上前便亲切地询问孩子的伤情，又俯下身去，爱怜地亲了孩子满是泥土和血污的脸庞，慰藉道：

“别着急，往前走过去不远，就有救护车，会医好的。”

中年男子忙不迭地感谢总理，李克强凝视着他匆忙而步子有点零乱的身影，在场的领导和工作人员，透过镜片，清晰地看见总理的眼里噙满了泪水……

李克强一定要到震中看看，他说着便迈开大步，走出不到三十米，便有几副担架走过来，他忙叫路中央的所有人给担架让路。说着，他走向一副担架，上面躺着一个受伤很重的孩子，他俯下身去，见孩子眼里流着眼泪，便亲切地安慰道：

“孩子，不要难过，前面不远就有临时的救护站，还有救护车，我们的医生就在那里，他们会想办法治好你的伤，我们还等你成才，建设我们美丽的国家。”

躺在担架上的孩子，无法控制自己的感情，眼泪流淌，哭出声来了……

在震中，李克强代表党中央、国务院召开抗震救灾的紧急会议，汪洋、杨晶和解放军、武警总队、省市领导参加了会议。

省委领导汇报道：地震使鲁甸、巧家、昭阳和会泽近110万人受灾，截止到现在，已有398人遇难，3人失踪，1800人受伤，23万人需紧急疏散，转移安置，26000户的近8万间房屋倒塌，4万户的12万间房屋严重受损，15万户的近20万间房屋一般受损。到目前已从废墟中救出受伤群众200多人，已全部得到救治。

最后，李克强总理便用十分低沉却又十分肯定的声音说道：

“我进入灾区，感触很深，有三个想不到：想不到灾区人民群众的房屋如此破旧，地震来了，无法抗拒冲击波的摇摆，倒塌了很多，不少的地方夷为了平地，成为废墟，没有倒塌的，也损坏严重；二是想不到伤亡如此大，老百姓普遍贫困；三是想不到云南、昭通在灾难面前，行动之迅速，救援之有力、有序、有效，从而拯救了不少生命。

“党中央、国务院得知鲁甸发生了6.5级地震后，高度重视，习近平总书记就在第一时间特别指示：把救人放在第一位，尽快查清灾情，妥善作好受灾群众的安置工作。今天一大早，受习总书记的委派，我率党中央、国务院联合工作组来到这里，就是落实习总书记的指示，把拯救生命放在第一位，不到最后时刻，决不放弃。现在还有一些群众被埋压在倒塌的房屋之下，现在正是紧要的关头，要争分夺秒施救，下面被埋的群众就有生还的希望。多救一个人，就多一个幸福的家庭，救人是第一位的任务，要想尽一切办法，不遗余力，尽快打通生命线，把伤员转出去，把物资运进来。”

为了在黄金72小时中，拯救更多的生命，做到科学有序和有力有效，决定成立军委抗震救灾领导组，由中国人民解放军副总参谋长戚建国任组长；成立国务院抗震救灾领导组，由国家民政部副部长姜力任组长，负责领导、指挥、协调进入灾区的中国人民解放军、武警和国务院有关部门的抗震救灾工作。

头晚下了暴雨，受灾的村子更是一片泥泞，李克强深一脚、浅一脚地走进村子，群众便围过来了，他们有不少的心里话，要向总理倾诉，他凝视、倾听，并不时插进话去，询问家里的人有没有受伤和遇难，有没有地方住？灾民流着眼泪，一一做了回答，李克强情深意切地说道：

“乡亲们，你们受苦了，遭难了，党和政府一定会帮助大家解决困难，以后还会帮助你们重新建起美丽的家园，生活一定比现在更美好！”

李克强又去了几个村子，他浑身都是泥土，黑色的皮鞋，几乎被泥巴糊满了，完全看不出原来的样子，但他匆匆忙忙的步子始终没有停下来……

日理万机的李克强总理到龙头山，夜以继日地指挥抗震救灾，筚路蓝缕、殚精竭虑，第二天才含着眼泪离开鲁甸。回到北京后，又立即给省委书记打来电话，核心仍是竭尽全力拯救生命，不到最后时刻，绝不放弃，敬畏生命、人民至上。同时又追加了救灾专用款，使总数达到21亿元。李克强传达了以习近平同志为核心的党中央和全国人民的声音，从而成为让全世界震撼，充分展示了华夏民族精神和凝聚力的伟大壮举。

在巨大的灾难面前，以习近平同志为核心的党中央和国务院把诚挚的关怀、爱护和无尽的温暖即时送到灾区，受到全国人民的爱戴和国际社会的赞扬：

“中国似的总理难以复制，中国政府展现了高度的自信心。”

“这样快速的动员，反映了中国领导层已经将灾难放在突出的位置，也向世界展示了中国任何时期，对任何突发事件都会有充分的准备。”

“中华民族是一个摧不垮的民族。正是这些志愿者、战士和救援人员不屈不挠的精神，使无数次遭受过外来入侵和各种各样灾难的国家一次又一次地从废墟中拯救过来。”

地震检验了中央和地方的执政能力，体现和彰显了党和人民群众血肉相连、生死与共的鱼水之情，我为生在这样伟大的国家、辉煌且充满温情的时代而感到由衷的骄傲和自豪！

鲁甸龙头山地震，是云南近十四年以来，最大的一次破坏性地震。它的震级并不大，却造成了意想不到的灾难，就在于灾区的民宅，几乎全是没有任何抗震能力的土坯房。一旦受到外力的冲击、推搡和摆动，便犹如疏松的山体倒塌那样，里面被压的人很难有生存的空间，即使不被压死，也会被窒息而死。所以，越贫穷的地方，农民能遮风挡雨的土坯房，抗震性能越差，不少的土坯房就是承受自身的重量，也十分勉强，似乎随时都在摇摇欲坠，只要遇上哪怕四五级的地震，就会摧毁它，给人带来致命的劫难。龙头山地震，造成这么惨重的灾难和痛苦，就是因为贫穷，农民无力建筑能抗震的房子。灾后重建，成了以习近平同志为核心的党中央最为牵挂，最为关心的大事情……

2014 年 8 月 20 日下午，习近平总书记召开并主持了中共中央政治局常务会议，听取了国务院抗震救灾指挥部的汇报后，发表了重要讲话，习近平总书记特别强调道：

“抗震救灾和灾后重建时间紧迫，任务艰巨，责任重大，要加强对救灾和灾后恢复重建工作的组织领导，发挥好各级党组织的作用。云南省政府对鲁甸地震灾区恢复重建负总责，国务院有关部门按照职责分工加强指导和做好相关协调工作。要制定重建规划实施方案，合理调配施工力量，科学安排工作时序，确保各项重建工作科学、高效、有序进行。要加强对恢复重建的资金物资使用各环节的监督检查，确保资金和物资的合理使用。要做好宣传引导，鼓舞和激励各族干部群众同心协力，团结互助，顽强拼搏，克服一切艰难险阻，共同夺取灾后恢复重建的全面胜利。”

2015年的元旦贺词中，习近平总书记又关爱有加，格外亲切地说道：

“这一年，我国发生一些重大自然灾害和安全事故，不少同胞不幸离开了我们。云南鲁甸地震就造成了600多人遇难，我们怀念他们，祝愿他们的亲人们都安好。”

总书记对灾区人民群众的关爱，使昭通人倍感温暖，格外的幸福。

云霞生异彩，山水有清音。龙头山地震后这半年，是昭通历史上不平凡的半年，在党和全国人民的关怀帮助下，不仅灾区发生了根本的变化，而且促进了昭通经济发展和社会进步，人民的精神面貌也得到了洗礼和升华。更让昭通人民如浴春风、如沐春雨，倍感欣喜若狂的是，2015年的1月19日，习近平首次离京考察，第一站就选择了龙头山地震灾区。五个月过去了，灾区群众的生活怎么样了？恢复重建工作进展得如何？灾区群众还有哪些要求和期盼，总书记十分关心和牵挂。

昭通气象台预报昭阳区第二天的气候是小到中雪，气温零下3摄氏度。19日的清晨，如铁幕一般乌蒙蒙的天空，飘飘洒洒飞着雪花，直到上午9点多了，不见云霾散去。前往机场迎候习近平总书记的李纪恒、代省长陈豪、副省长张祖林和市委、市政府的领导心急如焚，担心因气候，飞机无法降落，而使昭通不能如愿以偿。就在这个时候，阴沉沉的天空，突然绽出一抹阳光，随即飞雪停了，阴霾尽散，一片蓝天白云，昭通大地阳光灿烂、生机勃勃。转瞬，由远而近，便传来清晰的飞机轰鸣声，就是这么一两分钟，一道银光闪过，总书记所乘的飞机便平稳地降落在停机坪上。李纪恒一行迎了上去，总书记下了舷梯，便轻松且笑眯眯地说道：

“昭通的天气，蓝天白云，阳光灿烂，很不错啊。”

李纪恒却说道：

“总书记，十分钟前还飘着雪。”

龙头山那里也是下了一天一夜的冻雨，中午前后，还大雾弥漫，山风吹来，凉意袭人，冷飕飕的。总书记一下飞机，就转乘汽车，一路风驰电掣，一路颠簸赶到龙头山，他不管走到哪里，便是云开雾散，阳光明媚，灾民欢喜雀跃，都说是总书记给他们带来了阳光和温暖。几天以后，李纪恒在昆明召开干部大会，传达总书记来昭通、大理、昆明等地，看望灾区干部群众，深入企业、工地、乡村考察灾后恢复重建和经济社会发展情况后，对云南提出的希望、要求。说到总书记到昭通，不管走到哪里，哪里便云开雾散，阳光灿烂时，便难抑兴奋、激动，将老花眼镜摘下，往桌子上一放，倏地站起来，发自内心地说道：

“这全是事实，让人不得不佩服……”

那天，总书记在李纪恒、陈豪、张祖林和市委、市政府领导的陪同下，先来到龙头山镇政府大门的废墟前。鲁甸县和龙头山镇领导保剑及李善云迎上来，总书记握住李善云的手问道：

“你就是龙头山镇的党委书记？”

“是。”李善云答道。

在镇政府遗址的废墟上，专门有一块展板，上面有震前的建筑和院内花木扶疏之环境照片，与夷为平地的废墟形成了鲜明的对照。总书记看后，默默地离开了展板，不少村民和基层干部便涌向总书记，他便问李纪恒地震造成的伤亡情况和抗震救灾的情况，李纪恒答道：

“总书记，地震造成 617 人遇难，112 人失踪，2773 人受伤，22.97 万人需紧急转移安置，12.23 万间房屋垮塌。在党中央、国务院的关怀、指示下，省委、省政府和市委、市政府启动了应急方案，随即就率分区、消防、武警、公安和几所医院的百多名医生第一时间赶到灾区救援。当天夜里，来自各处的救援人员就超过万人。”

习近平说：

“我们只要把人民群众放在心中最高的位置，就敢于负责，敢于担当。克强从灾区回到北京，也说了。灾区的恢复重建，一定要搞好规划，生活恢复和生产恢复一起抓，灾后恢复重建和扶贫开发一起抓，重建家园的步伐要加快。要把住房的质量放在首位，提高抗震水平，建设抗震民居，确保灾区群众住有所居、住有所安。当前最紧要的工作，是安排群众生活，确保受灾群众安全温暖过冬。”

“听说总书记不惧寒冷，元旦后的第一站就来到灾区看望群众，我们辗转反侧，夜不能寝，为表达对总书记的深情厚谊，大伙创作了一首诗，作为礼物送给总书记。”张祖林说着，便掏出事先写好的七绝，大声念道：“大寒节令送大爱，龙头喜降丰年雪。千家万户彤彤日，十万乌蒙尽开颜。”

“写得不错啊，这首诗我要了。”总书记笑眯眯地问道：“你想通过十万乌蒙尽开颜的诗句，来营造一番什么样的意境啊？”

张祖林忙欣喜地答道：

“总书记，毛主席在《长征》诗中写有乌蒙磅礴走泥丸的句子，于是我们就想到磅礴乌蒙是由十万大山组成的。今天每座大山都生机勃勃、阳光灿烂、瑰丽多姿、气象万千。”

总书记进了板房学校，看了教室里贴着的书画，都是孩子们自己创作的，生动、活泼、感恩、励志，对未来充满了无限的遐想和神往。

张祖林是负责灾后重建和扶贫开发的副省长，在板房里，结合昭通的实际，向总书记做了汇报：

“总书记，根据中央、国务院关于加快实施现代农业和省委、省政府加快高原特色农业的文件精神，结合昭通的实际，高标准发展现代农业产业区。实现城乡村镇一体化，园林山水一幅画；结合灾后重建和美丽乡村建设，坚持山、水、路、镇、产业的统一规划，用现代农业发展理念指导农业产业；用现代农业模式经营农业产业；用观光旅游拓展农业产业。力争三五年时间，把昭鲁坝子建设成山清水秀，到处花果飘香，乡村风情浓郁，现代农业高效，集生态效益、社会效益、经济效益、景观效益于一体的昭鲁休闲、观光的现代农业产业园区，从而建设美丽中国，实现美丽昭通的中国梦。结合龙头山恢复重建和扶贫攻坚，我们的计划是尽快启动退耕还林，恢复生态，遍栽花椒、核桃、板栗等经济林果。地震时，很多村民上山摘花椒了，花椒树救了不少村民的命。每亩花椒可卖四千元左右，又是致富树，再过几年，龙头山必是青山常在、绿水长流、家园美丽、生活幸福的锦绣河山。”

习近平总书记频频点头，欣喜有加。

听完张祖林的汇报，总书记十分认可这个现代农业的发展规划，并语重心长地说道：

“扶贫开发是我们第一个百年奋斗目标的重点工作，是最艰巨的任务。现在距实现全面建成小康社会只有五六年时间了，时不我待，扶贫开发应增强紧迫感，真抓实干，不能光喊口号，决不能让困难地区和困难群众掉队。要以更加明确的目标，更加有力的措施，更加有效的行动，深入实施精准扶贫、精准脱贫，项目安排和资金使用要提高精准度，扶到点上、根上，让贫困群众真正得到实惠。符合当地实际，才能把长远发展基础打好，切忌形式主义。”

习近平走出板房教室，欢笑欢乐的孩子喊着习爷爷，像一群小鸟飞过来了，总书记和他们牵着手，又抚摸他们的脸蛋，祝孩子们在阳光雨露下茁壮成长。习近平十分高兴、格外慈祥的脸庞绽成了一朵花。乡亲们随着孩子也一起涌上来了，争着和总书记握手、问好。总书记满脸笑容、关切、体贴地大声说道：

“乡亲们，地震给你们带来重大的损失，很多人失去了亲人，我和你们一样地难过。震后，我一直牵挂着你们，安置好了没？能不能吃上一口热饭？孩子有没有学上？生病能不能治疗？现在我特别关心你们越冬和灾后重建情况，能不能尽早搬进新居？我代表党中央来看望大家来了。地震以来，我心里一直想着你们，这次来，就是想看看当地群众和干部职工。”

离开龙头山镇，习近平总书记又驱车前往甘家寨异地安置在小寨的灾民。地震时，甘家寨遭到重创、崩塌的红石岩，几乎垮了半匹山，掩埋了一个村寨，转瞬之间，就让56个鲜活的生命阴阳两隔。半年来，总书记一直牵挂着这里，食不甘味、夜不能寝，这次到灾区，他一定要去看望异地安置点的乡亲。到了那里，习近平察看了临时党支部、警务室、消防室，又连续走进了五家灾民的帐篷。每进一家，他都反复摸了摸床上的被褥暖和不暖和，又摸摸老人、孩子身上的衣服厚不厚，还揭开锅瓢碗盏，看看集中安置点的乡亲吃的是什么饭菜。总用较有磁性的普通话嘘寒问暖，必问的话，就是你们睡的被褥暖不暖，穿的衣服厚不厚，一日三餐能不能有保障。灾民都难抑激动和兴奋，眼里噙满了泪水，说道：总书记，这么远，这么冷还来看我们，把我们一直装在心上，托党和政府的福啊！

在邹体富老俩和孙子同住的帐篷里，总书记一开腔就问道：

“老人家，吃的是什么？有没有油？补助发了没有？有些什么收入？”

邹体富老俩的眼睛笑成了一条缝，欣喜地说：

“总书记，我们的村寨被垮下的山岩埋掉了，小寨乡的党委和政府，把我们接过来，安排在就像花园的小区里，党和政府真是好啊。我和老伴带着孙子，顿顿吃的都是大米饭，不仅有油，还有肉，日子无忧无虑。现在穿的、睡的全是新崭崭的，非常暖和，政府该补助的、该发的，都到我们的手里了，每天补助的15元生活费，也打在卡上了。”

灾民得知总书记不顾寒冷，万里迢迢地来到甘家寨安置点看他们，纷纷走出帐篷，围向习近平。总书记满脸堆笑，亲切地和每一个涌到面前的乡亲握手，并声情并茂地说道：

“党中央始终关心着你们，天灾无情人有情。老天爷把大家的家园毁了，党和政府一定要帮大家建设一个更加美好的家园！我们13亿多人就是一个大家庭，全国各族人民就是一个大家庭，一方有难，八方支援。只要大家一条心，有党和政府的支持，再大的坎都能迈过去。大家要增强对美好生活的信心，不怕灾难，不怕困难，用自己勤劳的双手，把新家园建设得更加美好。”

一个叫杨发明的中年人紧紧地握着总书记的手，激动和兴奋，让他有点慌乱，便用极不规则的普通话说道：

“总书记你好，我叫杨发明……”

总书记慈祥地问道：

“地震中，你的亲人有没有受到伤害？”

杨发明的眼泪不禁夺眶而出了，哽咽道：

“总书记，房子坍塌了，把母亲压在了废墟里，当解放军把老人刨出来时，已经遇难了……”

总书记便情真真、意切切地安慰他，杨发明感到格外地温暖。

傍晚，金色的阳光洒在龙头山的崇山峻岭之上，没有了悲伤，没有了眼泪，喜笑颜开的灾民感到特别的温暖和幸福。一路走来，总书记始终叮嘱随同的各级领导说：很快就要过春节了，要让灾民在帐篷里过好最后一个春节，明年一定要让他们搬进新居过春节。习近平欲和乡亲们告别了，他又走过去握住大家的手，还亲切地抚摸了中年妇女抱着的一个孩子的头，依依不舍地对乡亲们说道：

“党中央始终惦记着你们，祝愿大家克服困难，生活一定会更好。”

习近平总书记走到汽车边了，又转过身去，特别和当地的几位干部握手，反复嘱托道：

“地震是一次考验，你们辛苦了。希望再接再厉，做好灾民的越冬工作，保质保量重建家园。”

春风和煦，万象更新。习近平总书记新年伊始来到灾区看望干部、群众，在叮嘱做好灾民越冬工作的同时，得保质保量重建家园，从而擂响了灾后重建的鼙鼓，使昭通迎来了前所未有的发展机遇，昭通的历史翻开了新的一页……

从那天开始，鲁甸龙头山、火德红和巧家包谷垴、新店子等地震灾区，便掀起了声势浩大的重建热潮。一万五千多名机关干部、职工和工程技术人员，奉命奔赴灾区，与灾民同吃同住，同喜同忧，同甘共苦。几万省属和市、县的建筑工人，亦带着机械、工具和精湛的技术，潮水般涌入重建现场。不管是统规统建，集中安置的工地，还是统规自建的村村社社，峰峦谷箐，转瞬之间，便车水马龙、如火如荼。重建的别墅式民居和气派恢宏的学校、医院，星星点点、鳞次栉比、错落有序地屹立在蜿蜒起伏的青山翠岭之中。像一座座人间天堂，连接着历史和未来，辉耀着我们国家、民族的豪情和爱心，它把北京和昭通，把党中央和老百姓的心紧紧连在了一起。随着一家家灾民欢天喜地搬进新居，灾民的梦想和追求、神往和憧憬，在地震灾害发生不到两年的时间里，终于变成了活生生的现实。

为了灾区的重建，多少人魂牵梦萦，多少人呕心沥血，多少人筚路蓝缕，多少人披星戴月，多少人挥汗如雨、殚精竭虑献青春，多少人远离父母，抛妻别子，安得广厦千万间，尽庇天下民众尽开颜。

历史，不应忘记灾后重建的决策者、规划者、建设者的功勋，不应忘记大山深处洒下的汗水和鲜血、牺牲和奉献，不应忘记已经流逝的岁月和已经远去的身影，历史，应该为他们记下浓墨重彩的一笔……

2016 年岁末，我去了龙头山。

汽车刚驰向骡马口社区的垭口，透过车窗，居高临下，扑入眼帘的是一幅多么壮美的画图。我立即下车，驻足放眼看去：在葱茏叠翠的峰峦之下，崛起了一座气势恢宏、色彩斑斓、建筑风格和谐、整齐划一的现代化新城，让我感觉到恍如就在梦中……它不是天堂，却胜似天堂。

2014 年的 9 月 28 日，参与救援的某部防化营，最后离开龙头山地震灾区，它标志着抗震救灾，取得了决定性的胜利。之后，指挥部曾召开了多次会议，对灾后过渡安置和恢复重建时期的道路保通，群众生活用水、灾区卫生防疫等工作进行了安排部署，从而拉开了灾后重建工作的序幕。

2014 年的国庆那天，我兴致勃勃地去了龙头山，机关、学校和医院搭起了统一的板房，不少的建筑上，插有五星红旗，在灿烂的阳光下，猎猎飘扬，显得格外的鲜艳耀眼。机关、学校都放假了，只有少数人值班，我便去了灾民的集中安置点。刚刚走到骡马口村的广场下面，见停着一辆二十轮大卡车，足足拉了五十吨大米。村民不惊不诧，不慌不忙，秩序井然地在那里领取大米，他们都不出钱，仅在表格上签个户主的名字或按个手印，这是必需的手续。就在广场旁的废墟上，不知哪家村民，建起了冠名为“骡马口农家菜”的饭店，颇有规模，有十多张桌子。建筑简单，却温馨、整洁、清净。大哀莫过于心死，龙头山没有倒下，灾民不屈不挠，前赴后继地站起来了，让人颇为感叹。真是沉舟侧畔千帆过，病树前头万木春，似乎没有经历过灭顶之灾的劫难。整个灰街子，星罗棋布的帐篷参差有序，从而形成了一道别具韵味的风景线。帐篷内外，炊烟缕缕，袅袅上升，勾勒出一幅幅静谧恬淡、清新而生机勃勃的人世间之生活画图。街市上行人平静、从容，没有半点不寒而栗的惊怵之色。我钻进了好几家灾民的帐篷，虽是临时暂打一杵的栖身之地，但却有家可归。里面除了床铺外，满满堆着的是饼干、方便面和矿泉水，他们吃喝无忧。有好几家的帐篷里，孩子们正在读书、写作业，表明学校已经开学，并且正常上课了。我便和村民无拘无束地交谈起来，不管是老少，还是青壮年，他们盯心盯肝想着的就是何时灾后重建，重建房子的地址选在哪里？式样大小如何？我便坦诚地告诉他们说，根据中央和省委指示、安排、部署，其实灾后重建已经启动了。第一步要搞的大事就是要抢通、保通进出灾区的公路，并且得提高公路的等级，一旦灾后重建启动并掀起高潮，大量的建筑材料运进来，如果没有畅通的公路，谈何重建。同时，还得保障你们过渡安置过程中的生活、生产等等事情。现在已是中秋，马上就要进入十冬腊月，中央和省委反复叮嘱，市县党委、政府，要让所有的灾民安全过冬，温暖过冬。因涉及一二十万灾民，这个工作不仅量大，而且不可疏漏和掉以轻心，首先要安置好，才能重建好，切实保障所有的灾民，在2016年欢欢喜喜搬进新居过春节。

2017年4月的一天，我在龙头山镇党委书记等人的引领下，先来到甘家寨居中安置点采访。

出了龙头山镇党委、镇政府的临时办公地点，我们沿着新修的林荫大道，向龙头山镇最核心的第九号安置点走去。宽畅笔直的现代化道路沿龙泉河而建。昔日的龙泉河经过整理，挖深变宽了，两岸砌了条石，足有三米高，河底铺了斑驳的石块和鹅卵石，它的作用除了沉淀滤水，保持河水的清洁、碧澄外，还可供当地的居民和外来客人散步游玩。看着鱼翔浅底，鹰击长空，别有一番情趣时，那种心旷神怡便油然而生。靠大路的一侧，辟成了条形的花园，上面栽植了桂花、香樟，各色樱花树外，还有多年生花卉。我去时，恰逢春夏交替之时，龙泉河滨公园的花卉正争奇斗艳、姹紫嫣红。绿荫下、花丛中，有老人和孩子游玩，便生出许多感叹：这些地方，就是没有发生“8·03”地震时，这龙泉河里，以及两岸，也是荒草萋萋，河里倒有垃圾，浑浊有味，不堪入目，愧对龙泉河这个雅称。现在通过灾后重建，却换了人间，成了龙头山引以为骄傲、自豪的一道绚丽多姿的风景线。

龙泉河对面，是整齐划一，别墅式的民宅，一楼几乎所有的人家都辟成了门面，经营各种应有皆有的商品，五花八门、琳琅满目。也不缺档次各异的饭馆、旅社和小食店。门前是宽畅的人行道，铺着漂亮的花砖，路沿的坎上，全是碧绿欲滴的行道树，绿荫如盖，干净整洁，我步行了上百米，地上没有丢弃的垃圾，更没有随地乱吐的口痰和烟客乱扔的烟头。让龙头山几千户集中安置的民宅，和机关、学校、医院所形成的集镇，有了城市的韵味，那就是文化和商业的气氛。

我前往龙头山采访那天，恰遇由昭通市食品烹饪协会发起并组织的“椒下鸡烹饪”比赛。昭通十多家饭店、宾馆的大厨前往参加，同时，还吸引了众多的群众聚集比赛现场。这次比赛的“椒下鸡”，是由龙头山本乡本土的专业养殖户提供的，这样的结果，既宣传了名列前茅的饭店、宾馆的烹饪技艺，同时更利用这样的机会，推销了花椒树下养殖的土鸡。据李善云介绍，仅龙头山光明村，花椒的栽植面积已达1.3万亩，大多进入了丰产期，每年仅花椒的收入，就可以让光明村的大多数灾民脱贫致富。同时还有集中和散养的椒下鸡8000多只，可以想象，一旦椒下鸡因品质的上乘，味觉的特殊感受，它将会异军突起，形成产业，从而促进种植、养殖和餐饮形成一条产业链。甚至结合旅游，把龙头山镇打造成专门享受椒下鸡美食的风味镇。欲要打造这个品牌，政府还有不少的工作需要做，诸如旅游景点的培育和升级，厨师的培训和民众素质的不断提高。旅游的本质，是让人享受文化，没有文化，是留不住客人的，因为它没有灵魂。

地震那天，隔牛栏江相峙的两座峰峦，几乎是齐整整地垮塌了半壁峭岩，形成赫赫然可见的大坝，从而堵断了牛栏江……甘家寨的60多户，近300人，就分散居住在位于龙头山一边的悬崖峭壁上，使他们遭到重创，56个村民被埋在了垮塌的岩石之中……最后，在工兵团战士的奋力挖刨下，只刨出了支离破碎的36具遗体，战士们顶着酷热的太阳，挥汗如雨，湿透了军衣，竟然有几个战士因劳累和饥饿昏厥在救援现场。以善为德的村民，恳求战士们不要再刨了，让死者与天地共存，人们最怕被野兽吞噬，却不怕埋入大地，他们视之为归宿。而战士们的信念是生命至上，不到最后时刻绝不放弃，他们仍奋力拼搏在救援的岩石之中。乡亲们哭了，有几个人甚至跪倒在地上，求战士们不要再刨了，他们的心已经碎了……

在十四集团军工兵团的战士还没有赶到救援现场时，在山上摘花椒而幸免于难的乡亲跑进村子，看见的是一片废墟，建在悬崖边的房子更是荡然无存了。他们便自发地组织起来，开始了救援，所有活着的人不分彼此，不分亲疏，抢救挖刨埋在废墟中的乡邻。从而无可置疑地证明了，所谓邻居，便是相望、相守、相依、相助的内涵，它是中华民族传统的美德。

山岩破裂、余震不断，甘家寨幸存的乡民不能再滞留这里，必须转移到安全的地方。经反复动员，他们被安置在村子附近的平地上。几天以后，几乎所有参与甘家寨救援的人，都觉得这里存在着不少的隐患，一旦来一次震级较大的余震，会给他们带来新的伤亡，在工兵团的战士帮助下，他们便来到龙头山安置点。

这里是“8·03”地震的中心，几天时间便聚集了几万计的救援人员，还有上千的媒体记者和志愿者，龙头山拥挤不通风，必然给灾民的安置和医疗、生活带来诸多不便，甘家寨灾民在龙头山安置点竟然搬了两次家，搭建了两次防震棚。尽管如此，在救援指挥者和决策者的心中，甘家寨的灾民承受了太多的痛苦、磨折和煎熬，要抚平他们心灵的创伤，决定再搬一次家。新选择的安置点，必须是环境优美，医疗、生活、起居十分方便的地方，鲁甸县委和政府选择了素有樱桃、花果之乡美誉的小寨。

小寨的临时安置点，是党委书记施华楠带领全镇的干部职工，用了三天的时间，将一个农家乐改造成的灾民安置小区。这里花木扶疏，功能齐全，生活方便，犹如花园一般。甘家寨的一百多灾民从地震发生后，到搬回重建的新居时，他们在小寨安置点，已舒心惬意地度过了一年多时间。灾后重建拉开序幕后，各级党委、政府格外关注甘家寨的灾民，经过反复研究、讨论和实地勘测、考察，一致认为：原来的甘家寨村落，已无法让人再生存、繁衍下去了，必须另选新址，整村易地搬迁重建。小寨镇党委、镇政府得知这个信息后，立即召开会议研究、决定：他们愿意做出一些牺牲，在小寨选一块较为平坦的地方，作为甘家寨灾民的重建安置点。小寨这个地方，平缓、富饶、气候极好，历来就是昭通中心城市的蔬菜生产基地。当昭通坝子还春寒料峭、雪雨无常的时候，小寨的青菜、莴笋、白菜、蒜薹和蚕豆、豌豆就已经成熟，它得天独厚、钟灵毓秀。改革开放之后，小寨凭借自己的优势，发展樱桃产业，带动乡村旅游，几年时间，就誉满昭通，声名远播，发展较快，农民的生活更是芝麻开花，节节高。但召集甘家寨的灾民开会商量，征求意见时，几乎所有的灾民，都不愿意接受这样的灾后重建安置。他们异口同声，要求回到龙头山来，理由很简单，因为他们的根和乡愁在龙头山，他们因灾难死去的56个亲人之灵魂也在龙头山上，得回去与他们为伴。但对小寨的深情厚谊连连表示感谢，并希望小寨的党政领导和几万与他们相濡以沫的乡亲父老相信：他们一定在党和人民的关心爱护和支持帮助下，重建家园，用自己勤劳的双手，创造美满、幸福的小康生活。省、市、县各级党委、政府和灾后重建指挥部，尊重他们的选择，决定把甘家寨89户灾后重建的安置点选在龙头山。镇党委十分重视，把昭通人称之为火腿心心的九号地块，毅然决然地安排给了甘家寨的三百多灾民重建新的家园。

习近平总书记曾说过：人民群众对美好、幸福生活的向往，就是我们的奋斗目标。在这句话中，总书记就是要求我们各级党委、政府要全心全意为人民服务，坚持以人民为中心，坚持人民的主体地位。一句话，不忘初心，就是不忘我们党对人民的赤子之心。甘家寨的灾后重建，不可置疑地证明了这一点。

甘家寨相望、相守、相依、相助的传统美德，在抗震救灾中，升华成了生死涅槃的血肉情谊，从而体现在了灾后重建之中。他们不愿意重建整齐划一，家家当街并户户有门面的规范、气派的建筑。他们内心深处渴求的却是自由组合，充满温馨和亲情的四合院。这样的布局错落有致，而又和谐灵动，体现了中国传统民居建筑之天人合一的神韵，从而使九号地块上的建筑没有呆板、单调和重复。所以，通过灾民自由选择，有两家建在一起的，也有三家，甚至四家建在一起的四合院，更有单家独户穿插其中，显示出来的是别有一番风味注心间，它形散而神不散，通过它，把一个又一个四合院，连成了不可分离的整体，真是匠心独具。

每个四合院，都有一个朝门，这是昭通人的称谓，白墙灰瓦，漆成羊肝色的大门，使院子形成了整体。他们是自愿组合的，开着朝门，是两家、三家和四家，关起朝门，就俨然成为一个大家庭。我听说，搬进新居的两个春节，外出打工的人也回来了，一个院里的几家人，就围在天井中央团年，菜由各家做好凑在一起来的。一起放了鞭炮、礼花，一起举杯，共祝国家繁荣昌盛，阖家愉悦幸福，其乐融融，他们为生在这样伟大的国家、伟大的时代而感到欣喜、幸福、美满。

经过夜以继日的拼搏和劳作，在2016年的春节前，甘家寨灾后重建安置点的住宅，不仅全部竣工，而且通往外界和通往各家各户的道路也交付使用了，甚至道路两旁遍植了绿化树和各色花卉。同时还在住宅区的中央位置修建了一个足有三百平方米的小广场，除了满足周围村民的晨练和晚上喜欢跳广场舞的人群，尽情欢歌曼舞外，还可给附近的老人休憩、乘凉提供理想的场所。广场的左侧，立了一块感恩香港红十字会的石碑，黑底金字，碑文写道：

2014年8月3日，云南省鲁甸县发生6.5级强烈地震，造成较大人员伤亡，农民住户严重受损或倒塌。

香港红十字会（中国红十字分会）发扬人道、博爱、奉献精神，支持2014年鲁甸地震民房恢复重建项目，协助灾区人们重建家园，建设安全住房。

香港红十字会慷慨捐赠了89户重建户各户人民币2万元，合计178万元。在云南省红十字会、昭通市红十字会、鲁甸红十字会和鲁甸县人民政府的大力支持下，民房重建项目于

2016年一月竣工。

为感谢及纪念香港市民的爱心捐赠及香港红十字会的人道善举，颂扬人间博爱真情，特立此以志。

龙头山镇人民政府

2016年6月

我伫立于碑前，反复看了，感慨万千，它彰显了华夏儿女大爱无疆、血浓于水的情怀。在灾后重建的过程中，香港红十字会，每家捐赠了重建资金2万元，并在他们的影响、带动下，香港李嘉诚基金会，又捐赠了甘家寨每户1.5万元。真是雪中送炭，善莫大焉，加上国家补贴的，甘家寨每户的灾后重建款就有了8.5万元。那时龙头山整个重建的造价，根据建筑材料的不同，在每平方米800—1000元，而重建指挥部视人口的多少，每户的建筑面积控制在90平方米、120平方米和150平方米。在龙头山所有的重建项目中，除学校卫生院和少量的机关，采用的是钢架结构，造价为每平方米1000元左右，几乎所有的民居都采取框架结构。所以，重建标准在120平方米以下的重建户，仅是国家补助和慈善机构捐赠的款项，就已差不多，若建90平方米的人家，连简单装修和买必用家具的钱都有了。正因为如此，我不管走进哪家，灾民的心灵上没有了悲伤、忧虑，脸庞上绽放着的是喜悦和满足。都会异口同声地感慨道：灾后重建让他们的村庄发展提前了30年，共产党好啊，点点滴滴，都为我们老百姓考虑得十分周到。党委书记李善云告诉我：灾民如此感叹，如此满足，是我们把灾后恢复重建和扶贫攻坚紧密地结合在一起，让恢复重建如虎添翼。同时，结合市县昭龙一体化的发展思路，统筹城乡规划，突出基础建设和公共服务，使恢复重建和灾区民生紧紧地连在了一起。截至2017年1月24日，重建期内的1190个项目已全部开工，完成投资164.4亿元。其中居民住宅全部完工，公共服务和社会管理工程、基础设施、特色产业工程均在加快建设。相距3个月，当我4月底前往龙头山和火德红两个乡镇采访时，已经旧貌换新颜，就是火德红那十分偏远的村寨，宽畅的柏油公路也延伸到了那里，让我有一种恍如梦境般的感觉。

2017年2月8日，鲁甸县又发生了4.9级的地震，3月12日又发生了4.5级的地震。其实从2014年“8·03”地震以来，鲁甸曾经历了上千次余震和多次4级以上的余震。2月8日那次余震，使龙头山的一些老旧房屋受损，导致5人受伤，但无死亡报告，据云南省地震局地震预报研究中心研究员苏有锦介绍，两次有明显震感的地震，均是“8·03”6.5级地震的余震。两次4.5级以上的余震袭来之时，龙头山绝大多数的居民都在灾后恢复重建的房子里，几乎所有人的感觉是：虽然房子稍微有点摇晃，但动静没有想象的那么大，新建的房子很安全，没有任何人感到恐慌，更没有人无脚撩手地往外跑，无事一般地坐在家里。

灾后重建，让龙头山的灾民实现了安居！

2016年的春节前，甘家寨临时安置在小寨的灾民要搬回龙头山的新区了。那天夜里，几乎所有的人，躺在床上，辗转反侧，就是无法入眠，往事历历在目……地震时，山崩地裂，40多户人家，56个鲜活的生命，被倒塌滑坡的山体吞噬了，转瞬便阴阳两隔，但却有一家的房顶还隐隐约约地露在垮塌的悬岩砾石外。那天，十四集团军工兵团的救援人员赶到山体垮塌的现场时，已近中午，他们中还有两个叫邱泽敏、代雅鹃的女兵。火辣辣的太阳，炙烤在见不到一棵小草、一棵树的废墟上，犹如身处在罗布泊戈壁，人更是像放在火炉去烤那般。邱泽敏、代雅娟穿着密不透风的迷彩服，戴着厚厚的头盔，她俩站在那里等待挖掘，转瞬之间，衣服、裤子就被汗水浸湿。站在山顶上的是一个四十岁左右的女人，隐隐露着屋顶的房子，就是她和丈夫，用血汗，苦苦拼搏了近十年，盖起来的。当她看到自家屋顶的时候，也同时看到了邱泽敏和代雅娟，两个女战士，头上的汗水一大颗，一大颗从头盔的边缘上滴下来，滴得快的时候，竟然成为一串串珍珠。这是常人无法忍受的，可以肯定体质虚或者意志薄弱的人，只要站上十多二十分钟，必大汗淋漓之后，虚脱而昏厥，就是身板强壮的，也会中暑。但她出于本能，还是呜咽地叫道：解放军同志，看得见屋顶的那栋房子就是我家的，里面埋着我的婆婆，还有孩子，你们救救他们啊……队长于是下了命令，带上救援工具，就往房顶那儿进行搜救。她俩听到命令，带上工具，和男战友们就往那看得到屋顶的废墟冲去。接近房顶时，她俩的衣服不知湿了多少次，又被太阳晒干了，后背却结了厚厚的一层盐。这是他们体能消耗和失水的必然表现，这时必补充盐和水，否则，体内的电解质必发生紊乱，轻者四肢无力而抽筋，重则将会危及生命。站在废墟旁的灾民却看见那两个女兵，没有任何的畏缩和怯懦，更没有失去战士的尊严，一直勇往直前，并按照乡亲们的指点，拼命地刨土，不停地挖掘，她俩希望奇迹出现。但是，所有人的希望都一次次落空了，所刨出来的几具遗体，却是残肢断臂，体无完肤。他们被深深地埋在砾石里，又无法承受雷霆万钧、摧枯拉朽的挤压、槌打、碰砸，加上晚上的暴雨，白天的酷热，犹如用蒸笼在蒸……几乎所有的灾民都无法辨认遇难者是谁。在场的乡亲，不忍再让战士们受苦，更无法目睹的就是这场大灾难，转瞬之间，竟让他们的亲人，变成了这番模样。他们已破碎的心灵再也无法承受如此的摧残、煎熬、折磨，那个隐隐看得见自己屋顶的妇女跪下了，紧接着，几个乡亲也随之跪下了，呜咽着哀求邱泽敏、代雅娟她俩不要再刨了，否则灾民的精神会崩溃的……两个女兵和战友们都流泪了，他们脱下帽盔，整齐划一地将它抱在身体右侧，低头肃立，为遇难者祈祷，他们在心里默默地祝福道：乡亲们，愿你们一路走好，灵魂与大地共存……

事后，乡亲们问邱泽敏、代雅娟道：你俩面对支离破碎的残骸，怕不怕？

她俩回答道：面对这种场面，心里当然害怕，但我俩是战士，职责不允许我们有任何怯懦，甚至畏缩和恐惧，这是国家、民族赋予我们的使命，否则就无颜当一名工兵！

甘家寨的灾民一想到这些触目惊心的往事，总会流泪，一年多时间过去了，却是那样的刻骨铭心。无法入睡的灾民，索性起来了，借着明亮的电灯，收拾自己的行装，叠得整整齐齐，打好包，又捆得结结实实，放在家门口。这时，曙光初露，雄鸡鸣唱，归心似箭的灾民，一家家都情不自禁地走出屋子，站在花园里，抬头往朝霞涌动的东方望去，彩云满天，一轮朝阳，将喷薄而出……

龙头山党委、政府和市县派往灾区帮扶的队员，包租了 20 辆大巴和中巴，鸣着欢快的喇叭声，浩浩荡荡来到小寨，接送甘家寨的灾民回到魂牵梦萦的龙头山……

就在小寨的村民，依依不舍地欢送在他们这里住了一年多的灾民时，龙头山骡马口的灾民，也忙碌起来了。之前，这里的村民就三五成群地聚在一起，不约而同地商量着一件饱含着脉脉温情的事。即是甘家寨的灾民，辗转反侧，已搬了四次家，如今他们集中安置点的新居完全竣工，不日将接他们回龙头山安居乐业了，这便是第五次搬家，应该表示什么样的心意，大家众说纷纭，莫衷一是。这时，有一位见多识广的老人提了一个建议说：我们昭鲁坝子的老百姓，有一个流传不知有多少年代的习俗，凡乔迁新居时，第一件事情，不是搬送箱箱柜柜等一应家具，而是送一点燃烧着的炭火和煮熟的饭，表明衣食不断，安居乐业。我们何不有钱出钱，有力出力，做一桌热乎乎且十分可口的八大碗，送到乔迁之喜的各家各户，让他们一到龙头山，就感到血浓于水的温暖。所谓八大碗，就是昭通老百姓筵席上不可缺少的八碗菜，它以猪肉为主，包括：烧白、蒸肉、酥肉、墩子、三鲜汤、大刀圆子或绣球圆子、凉拼盘、八宝饭。若有鸡，便可以清炖、红烧、清蒸，取代三鲜汤，这样的席面就高了一个档次。骡马口的灾民听后，便拍手称快，马上就行动起来了。于是凑钱的凑钱，打灶的打灶，买菜的买菜，当厨的当厨。不少的妇女和老人，就承担起洗菜、刷碗的各种杂事，欢欣鼓舞，犹如娶媳嫁女那样的喜庆。

傍晚，当甘家寨的 89 家，300 多灾民，扛着随身携带的行李，满怀憧憬地进入自己的新家时，堂屋里已摆好了热气腾腾的八大碗，还有一壶苞谷酒。不少的灾民懵了，待回过神来，不少的人便热泪盈眶，甚至有号啕大哭的灾民……《黄帝内经》曰：喜极伤心。

这席乔迁新居的晚宴，不仅龙头山的党政领导来了，县委书记和县长也来了。他们端着酒杯，带着以习近平同志为核心的党中央之殷殷嘱托和深切关怀，以及省市和昭通六百万各族儿女的祝福，向每家每户的灾民敬酒……

占地2000多亩，集中安置灾民2000多户的龙头山，从规划设计，到开工建设，最后一栋栋重建的抗震安居房鳞次栉比、气势恢宏地矗立在这块黄金宝地之上，让人羡慕而感慨万端时，其真正的意义，在于它为龙头山重构了一段重要的历史，它摒弃了陈旧过时的看法，刷新了事实本身。当年，因朱提银的开采和冶炼，龙头山在明清时代，名噪一时，不仅支撑了两个王朝的半壁江山，在清雍正到嘉庆的百多年时间内，龙头山集镇竟然发展到有两万人左右，商贸繁华，文化发达，金、银、铜等贵金属的集散地。后来因交通的极度滞后，生态的严重破坏，昔日因朱提银带来的辉煌，渐渐地暗淡了，最终走向衰落……一座生死涅槃，在地震废墟上崛起的新城，将重系那段极其璀璨的历史，在重建跨越之中，将龙头山打造成为处处见银，让人们神往的，中国首个银文化主题旅游目的地。为了这个目标的顺利实现，省市县和龙头山的党政领导11440名市县机关的工作人员，通宵达旦、殚精竭虑、呕心沥血，为之付出了艰辛和汗水。他们彰显了这个时代的风貌和国家主流，凝聚的是正能量，追求的是中华民族立于世界民族之林的中国梦，绽放的是中华民族至善至美、坚韧不拔的意志和历经灾难而不言败，巍巍然傲立的民族精神。

在那段日子里，省委原书记李纪恒就多次来到龙头山、火德红、包谷垴和老店集中安置点，他最关心的事情还是灾民能不能温暖过冬，灾后重建的进度和质量。在抗震救灾和灾后恢复重建中，他做了不少卓有成效和符合灾后重建的决策，是位敢于担当、敢于负责的领导。鲁甸和巧家的恢复重建，凝结着他的心血，这块因受灾而生机勃勃的热土，浸润着他的汗水，我们不能忘怀他。

现任省委书记陈豪是在地震恢复重建中，受中央委派，来云南工作的，他刚刚上任，还来不及熟悉云南全省的情况，便匆匆赶往灾区。除看望、关切、慰问灾民外，他首先要做的工作，是如何贯彻落实以习近平同志为核心的中共中央灾后恢复重建工作的指示，他所到之处，都反复强调道：

“坚持以人为本、尊重自然、统筹兼顾、立足当前、着眼长远的基本要求。发扬自力更生、艰苦奋斗精神，创新体制机制，把恢复重建与生态修复、城镇化建设、新农村建设有机结合起来，实施防震安居工程和农村危房改造。重建中要科学安排建设时序，优先解决受灾群众最关心，要求最迫切的住房、学校、医院等问题，统筹考虑居民点选址、公共服务配套、基础设施建设等，力争使灾区建设水平有一个新的提升。”

所以，陈豪每到一处，他都十分仔细而认真地看了学校、医院和居民集中安置点、分散民居的选址。他和常务副省长李江还特别去了昆钢钢构公司为灾区修建的光明小学和民宅的建筑工地。这时，学校已竣工，民居正紧张地施着工，他和李江都十分欣赏这种钢架结构的建筑，连连赞叹道：

“看了你们建的抗震钢结构建筑，符合恢复重建既要快，又要抗震的要求。尤其在建设中还注意吸收、培训灾民参与建设，把灾民培养成建筑工人，以后凭他们学到的技术，还可以促进建筑产业的发展，这样的做法很有意义。”

同时，他还反复强调，市县党委、政府，要把思想统一到党中央、国务院和省委、省政府的决策部署上来，全力打好恢复重建这个攻坚战，建设好安全美丽的新家园。那时，他来云南的时间不长，几次来灾区，总把灾民的重建和冷暖看在眼里、记在心上，用敢于负责、敢于担当的精神，认认真真地做事，得到了灾民的赞誉和爱戴。

进入隆冬，昭通连连冷了十多天，且下了中到大雪，龙头山的背阴处，白雪皑皑，银装素裹，分外妖娆。

灾后重建最为紧张的时候，陈豪就多次来过鲁甸、巧家灾区，除督促检查灾后重建的进度和质量外，最为关心的还是灾民的生产和生活状况。除夕将临，已陪总书记来过龙头山的陈豪，心里总挂着灾民，不知他们能否过一个祥和、温暖且甜蜜的春节。2015 年的 2 月 11 日，他又和副省长尹建业风尘仆仆地来到龙头山，进到防震棚，来到建筑工地，见到迎上来和他打招呼的灾民，他总是情不自禁地说道：

“乡亲们，党和政府现在不仅要帮助你们重建更美丽的家园，以后各级党委还要带领你们共同努力，让我们每一个灾民都能过上幸福美满的生活。”

在省政府分管农林水和民政救济的副省长张祖林，同时又是这次灾后重建的省级负责人。所以他不仅多次来龙头山督促检查灾后重建的进度和质量，还得深层次思考灾后重建的产业发展。他觉得，对经济基础本来就弱的灾区来讲，恢复重建后，比较困难的就是产业培育。根据资源禀赋，得尽快退耕还林，遍植花椒、核桃和板栗等经济林果。这样既能恢复龙头山青山常在、绿水长流的自然生态，又能让村民从经济林木上增加收入。一亩山地辛苦一年，最多能收三五百斤苞谷，刨干打净，也就一两百块钱，而一亩花椒则可收入三四千元，得竭尽全力做好这件事，否则就愧对党和人民交给他的职责，就愧对养育他的桑梓父老。他还认为：灾后重建的同时，鲁甸和龙头山灾区就应着力打造具有高原特色的现代农业，推进农产品的深加工，升级传统农业和农村经营机制。

目前，示范带沿线已建成 1 万亩花椒基地，2.1 万亩核桃和 1 万亩苹果基地。还对 4600 亩樱桃基地进行了升级改造，又启动和开展了对 12.9 万亩核桃和 7 万亩花椒的抚育管理。并且还落实了政府“提一把”，部门“帮一把”，大户“带一把”，社会力量“扶一把”贫困农户的措施，从而使得全县共建成了 32 个特色农业基地和庄园，培育规模养殖专业大户 124 户，发展农村专业合作社 265 个。

龙头山镇光明村是地震的重灾区，灾后重建后，在 2016 年，村上成立了花椒栽植专业合作社，现在全村已栽植花椒 1.3 万亩，并在花椒林养殖本地鸡 8000 多只，其方法是集中和散养，形式多样，但由合作社牵头与企业、市场对接，农民拍手称快……

第二章

在采访的过程中，我曾几次问李善云等党委、政府的领导说：你们在短短的一两年时间，把疮痍满目的地震灾区，重建成具有现代农业韵味的城镇，你们经历了哪些喜怒哀乐，尝到了哪些刻骨铭心的甘苦？他们却笑而不答，问的次数多了，几乎所有的人都觉得往事不堪回首，不少的人，面对太多的麻烦、刁难和酸楚，不知经历了多少辗转反侧的不眠之夜，不知流了多少委屈的泪水，其中就包括全市抽调的一万多名机关干部和建筑、公路、桥梁等等的工程技术人员。

在灾后重建中，第一件遇到且无法回避的大难事就是受灾户的认定。这是一件带根本性，又是实现社会公平、合理，以及杜绝贪腐的大事。

他们清晰地记得，灾后重建刚刚拉开序幕，规划、设计紧锣密鼓进行的时候，龙头山出现了让人意想不到、很快形成势头的怪事，那就是在派出所的临时办公地点外面，从早到晚排起了办理户口的长队，理由各异，琳琅满目，让人应接不暇。其核心就是分家，另立门户，需将自己的户口从原来依附父母的户口簿上迁移出来……有儿子或女儿要和父母分家，甚至和兄弟姐妹分家另过的；有外出打工，已在外面结婚生子的男男女女，也纷纷赶回龙头山，补办分家，另立门户的户口，甚至还有假离婚的人……林林总总、五花八门、千奇百怪，凡能通过脑壳想得出来的理由，都想出来了，弄得颇具工作能力且十分有能耐的李善云一帮人，啼笑皆非……

第一步，镇党委首先停止了户口的办理，沉下心来进行甄别，以辨真伪。于是便发现，一些女人外出打工后，在外找到了如意郎君，并结婚生子了，但没有把户口迁移到丈夫的所在地；有的小伙子，被女方招赘了，成了上门女婿，他们也把户口留在了龙头山；还有的女人，虽然婆家在鲁甸或者邻县，但也没有把自己的户口迁移出去，就是个别招赘上门的男人，户口仍留在父母家。“8·03”地震发生了，并开始灾后重建时，他们均以种种理由，要回到龙头山，隔得近点，以便照顾受灾的父母和其他的亲人，故需办理单家独户的户口。更有甚者，找出种种滑稽的理由，在灾难之后，要和父母分家，自立门户。一句话，就是想方设法找出种种理由，其根本目的就是要变成单独的一户，享受灾后恢复重建的各种扶持政策……

第二步，镇党委和镇政府并没有采取简单粗暴的方法，而是分别深入到各村、社、小组，排查摸底，深入细致地做好各家各户的思想工作。希望他们以大局为重，实事求是，决不漏掉任何一家受灾户，更不能有失公平，把没有受灾的人，列为灾后重建户。但是，不管各级干部如何推心置腹，如何苦口婆心，情真意切，一些人总会找出种种理由，甚至胡搅蛮缠，一句话，就是要让镇上承认他们是受灾户，并名正言顺地将自己列为灾后重建的对象。

第三步，思想工作也做了，该说的话也说了，镇党委和镇政府召开了相关的联席会议，统一了思想，都认为：要敢于担当、敢于负责，灾后恢复重建，一定要精准，否则后果不堪设想。要堵住这些人的嘴，善动脑，又能以理服人的李善云想出了一个绝招，那就是反问这些人：“8·03”地震那天，你在哪里？地震后，在人财物方面，你受了哪些具体的损失？结果，这些突击办了户口和还没有办成户口的男男女女，全都瞠目结舌了。他们得知家乡龙头山发生了6.5级的强烈地震的消息，几乎所有的人，都是从中央电视台的新闻节目中看到的。他们中的一部分人，得到这个让人不寒而栗的消息，和亲人又无法联系上的时候，便匆匆地赶回来了，还参与了救援，做了自己该做的事情，这种做人的良知，值得肯定和称颂。但也有不少的人，直到抗震救灾接近尾声了，才从容不迫地回到一片废墟的家乡。还借口说，外面进龙头山灾区进行救援的解放军和其他的救援人员太多了，我们挤不进来，所以迟来了，还请父母和亲朋好友原谅……

这一招真灵，让不少想挤进灾后重建户的人缄口不语了……这个招数看似简单，却富有哲理，它揭示了事物的内在联系，这就是辩证法。大凡聪明人，往往是化繁为简，只要能抓住事物发展的本质，什么问题，就能迎刃而解。而有些人，又恰恰是化简为繁，其结果只能作茧自缚，越理越乱。很快，矛盾解决了，15760户灾后重建的对象精准确定了，并且张榜公布后，几乎没有什么异议，从而使灾后恢复重建，如火如荼，并很快形成了高潮。那时的龙头山，真是车水马龙，欢歌笑语，弥漫在村村寨寨，但也有少数，统规自建的灾民按兵不动，甚至游手好闲。村镇和“八包八保”工作队员问起时，他们不是说材料涨价，就是说请不到修房盖屋的工人。甚至有的人还说，运材料的路上十分拥挤，常常是阻塞到进不来、出不去，建筑材料只能是人背马驮，若是这样下去，劳民伤财不说，这安居房不知要修到牛年马年。更有甚者，还带着几分强硬的口气说，中央、省市的领导要求我们今年搬进新居过春节，到时，灾民还挤在抗震棚里，你们不怕追责，我们也无所谓。尽管如此，村镇干部和“八包八保”的队员，还是笑容满面，不厌其烦地做细致的思想工作，晓之以理，动之以情，希望他们把心里的话说出。一次，两次，三五次，归根结底，就是希望把房子盖得再宽点，重建补贴再提高点，让灾民分文不出，就能搬进新居。面对如此的窘况，所有的工作人员都不愠不火、席地而坐向灾民讲述旧中国发生过的四次大地震之惨状：

1920年12月，宁夏海原县发生了里氏8.5级的大地震，死亡24万人，毁城4座，数十座县城遭到严重损毁。那时，中国正处于军阀混战、北洋政府统治、积弱积贫的时期，四分五裂的国家，不仅没有任何实力救灾，而且连起码的号召和组织能力都没有。面对24万死亡的灾民和上百万人在伤残病痛中呻吟，以及上千万无家可归的难民，自身难保的北洋政府没有任何办法，连灾区都见不到任何政府大员，只会感叹嘘唏唏……

1927年，正是蒋介石发动“四一二”反革命政变，在上海等地大肆逮捕、屠杀共产党人，在中国制造白色恐怖，达到登峰造极的时候。在甘肃古浪发生了里氏8级的大地震，倒塌房屋逾百万、死亡四万多人，重伤超过十万，无家可归的难民竟高达五百多万人。地震发生时，土地大范围开裂、坍塌，并冒出发绿的黑水，夹杂着氧化硫和硫化氢等有毒气体溢出，纵横扩散，幸免于地震的灾民无处躲藏，转瞬之间，便被毒气熏倒而死亡。那时，真是尸横遍野，惨不忍睹。假惺惺的国民党政府尽管派出大员前往灾区视察，但却无法救治任何一个灾民，甚至连被毒气熏死的难民数量，都无法统计，只能说毒死无数。一个独裁、专制的反动政府，是不会把人民的生命财产放在眼里，相反，不少的贪官污吏以赈灾为借口，对活着的人进行横征暴敛，中饱私囊，贪污腐化触目惊心，使得上百万灾民活活饿死……

1932年岁末甘肃马堡继古浪发生8级强烈地震后，又发生7.6级的强烈余震，死亡7万多人。地震发生时，狂风大作，白色的地光犹如闪电，撕破黑暗，把骤然变得黑暗的天空照得如白昼那般明亮。紧接着山岩乱蹦乱跳，发出撕心裂肺的吼叫，并喷发出碎石尘埃，天空又变得漆黑一团，千佛洞巨石滚滚，著名古迹嘉峪关的城楼随即倒了个大角。余震频繁，无法统计，竟然持续了半年之久，劫后余生的灾民，背井离乡，外出乞讨谋生，长达十年，也无法返回自己魂牵梦萦的故乡……

昭通属扬子准地台，滇黔鄂台坳中的褶皱断束地带，其大部分位于昆明凹陷的东北部，少部位于黔桂地台的西北部。在古生代的震旦纪和中生代的白垩纪，是一个南北狭长的海，它西至巧家、四川会理，南到曲靖、蒙自一带，它经历过三次大的地壳运动后，方形成现在的样子，晋宁运动使古地糟隆起形成陆地，构成准台地基底，加里东运动构成褶皱和断裂的基本轮廓，喜马拉雅的造山运动后形成的基本格局。云南因处于喜马拉雅和地中海的地震带上，在昭通尤显突出，近百年来，昭通便发生了 5 级以上，7.1 级以下的地震 15 次以上，其中 1927 年发生在大关吉利铺的损失尤为严重。这次地震虽只有 6.43 级，但震中裂度达到 9 级，纵横百余里，倒塌房屋 4000 多户，死亡人数超过 2000 人。同时，损毁正在生长过程，还没有来得及收获的粮食 700 多万斤。其中滇军驻吉利铺的第十二团官兵，竟在这次地震中死亡了 300 多人。大关河西岸山崩地裂，山体塌于河中，堵断大水、壅塞成湖，致使河水倒退十多里。那时的云南，龙云、卢汉正和胡若愚、张汝骥为争夺云南，战乱不断，根本没有心思和能力救灾，使得昭通一度赤地千里，饿殍遍野，灾民其悲惨，简直罄竹难书……

中华民族有史以来就是一个善良、纯朴、勤劳、敦厚的民族。在他流淌至今的血液里，就懂得感恩，讲究天地良心、滴水之恩，当涌泉相报。在辛苦劳碌的尘世间，在叱咤风云的热梦中，大凡有使命感的人，几乎每个人的心田里，都牢牢扎根着爱国爱家的情怀和为民造福的信念。这种情怀和信念，穿透历史的春风秋雨，濡染岁月的夏日冬霜，逐渐积淀，凝聚成了中华民族勤劳、勇敢、团结、博爱的睿智精神。在浩若烟海的典籍和历代哲人的格言警句中，民生关注及民族振兴的伟大思想，闪耀着不灭的光辉，启迪和激励着一代又一代的仁人志士、英雄豪杰……回想起鲁甸的抗震救灾，谁不心潮起伏，泪眼凄迷，在那一个个不眠之夜，一天天生死相救，在以习近平同志为核心的党中央部署、指挥下，全体中国人民在地震中表现出来的坚强和不屈，地震涤荡了民族精神，凝聚了民族力量，增强了党群的鱼水之情，一幕幕、一桩桩历历在目、记忆犹新。灾难应该让我们懂得珍惜、奉献和感恩，灾后重建应该升华我们的人格和感情……

这些娓娓道来的历史，新旧两种社会制度的对比，震撼了几乎所有人的心灵，泪眼婆娑中，默默地站起来走了，愧疚有加……第二天黎明，当不少的人，还在睡梦中的时候，心灵浸濡了润物细无声的春雨，知道了感恩的灾民，已早早地起来了，带着家人，正挥汗如雨地忙碌在自建的工地上……

苦口婆心的劝导，决不放弃的帮扶，营造了龙头山风清气顺的灾后恢复重建，从而实现了习近平总书记救援好、安置好和重建好的厚望和嘱托。沙坝回龙湾 172 户，光明村、新街子 312 户，翠屏 76 户，新民 34 户，营盘 100 多户，八宝村利台上 80 多户，光明村张家梁子和龙头山集中安置点的 2000 多户，全镇 15760 恢复重建户全部完成，并在2016年春节前，欢欢喜喜搬进了新居。

在我的采访中，不管走到哪里，在和灾民的谈话中，他们都会十分骄傲而自豪地对我说道：在龙头山，哪里工作难度大，哪里就有党员干部的身影；哪里有危险，哪里就有党员干部坚实的脚印；哪里有群众，哪里就有他们热情的声音。灾民都说，党员干部和包保人员是受灾群众的主心骨。

在重建民居出色完成之时，龙泉中学和十余所小学也建设竣工并投入了使用；中心卫生院、各村（社）卫生室也按规范建成并投入了使用；两条二级公路、环山公路也投入了使用，使得峰峦叠嶂、蜿蜒逶迤的龙头山，也成了坦荡之途。

这些辉煌的成果，不是天上掉下来的，而是一万多名各级党政干部、包保人员和各类工程技术人员及成千上万灾民撸起袖子，用血和汗水换来的。从而在灾后恢复重建中，涌现了不少的优秀党员干部和英雄模范，沙坝村党总支书记李玉繁和鲁甸县工业园区副主任晏正权就受到干部、群众的交口称赞。

今年40刚刚出头的李玉繁上有70多岁的老母亲，下有一对正需要呵护的儿女。在灾后重建中，他几乎忘了自己的家，别说三过家门而不入，就是抽空打个电话问声老母和儿女好的机会，都被缠绕自己心中的杂事占去了，而对村里的五保户、孤儿和残疾人的重建住宅，他却点点滴滴铭刻在心，务必完全落实，因而受到乡亲们的频频点赞，而他却说：我是党员，又是总支书记，对灾民的事情，我不站在前面，冲到最前头，我就不称职！

李玉繁是称职的，在龙头山恢复重建中，就是有了像李玉繁这样众多的基层干部，才创造一个个奇迹，才使党的温暖和党的关怀，落实到了灾民的村村寨寨、家家户户……

龙头山的幺店子、箐地，用市政协主席陈联远的话来说，便是十匹梁子九家人的地方。30多户人家，分散在40多个峰峦叠嶂的山头上，整个村子几乎与外面精彩的世界隔绝，30多户人家似乎有点老死不相往来的味道，是环境和距离生分了他们，疏远了他们。李白在《蜀道难》中写道：

> 噫吁嚱，危乎高哉！蜀道之难，难于上青天……西当太白有鸟道，可以横绝峨眉巅。地崩山摧壮士死，然后天梯石栈相钩连。上有六龙回日之高标，下有冲破逆折之回川。黄鹤之飞尚不得过，猿猱欲度愁攀援。青泥何盘盘，百步九折萦岩峦。扪参历井仰胁息，以手抚膺坐长叹。问君西游何时还，畏途巉岩不可攀。但见悲鸟号古木，雄飞雌从绕林间。又闻子规啼夜月，愁空山。蜀道之难，难于上青天，使人听此凋朱颜。连峰去天不盈尺，枯松倒挂倚绝壁。飞湍瀑流争喧豗，砯崖转石万壑雷。其险也如此，嗟尔远道之人胡为乎来哉！剑阁峥嵘而崔嵬，一夫当关，万夫莫开……

李白当年也许从陕西翻越秦岭进入四川时，发出蜀道之难难于上青天的感叹，为后人留下了《蜀道难》这首千古之绝唱。可惜，他没有进入昭通，更没有去过龙头山的幺店、箐地等等地方，否则，这位少有逸才、志气宏放、飘然有超世之心的谪仙人，会发出什么样的感慨，写出什么样的诗篇?

昭通市委原书记范华平，在昭通工作时，曾去过龙头山的幺店和箐地，回到城里，就曾对我说过这个地方的险峻和陡峭，从山上走下去，直接落差有1000多米，若随便丢个石头，便可无法遏止地滚进牛栏江。走在下坡的路上，你必须站稳了第一步，方可迈出第二步，否则就有滚下坡去的危险，真让人有些不寒而栗。生在这里的村民，或到这些地方工作的人，真是不容易，若没有一点奉献精神、没有一点老百姓的情怀、没有一点不忘初心的党性，是不敢踏上这条通往幺店和箐地的羊肠小道。但晏正权去了，而且担任包保的队长，甚至去完成学校、卫生院和30多户灾民的恢复重建任务，这让范华平颇为感叹、颇为赞扬。

晏正权是立了军令状的，即保障30多户灾民在2016年的除夕前，欢天喜地搬进新居过春节。但是，就是人背马驮，把建筑材料运到工地，也无法施工建设，因为那个时候正是天寒地冻的冬天，浇铸框架的水泥和砌墙的砂浆不能按时凝固，相反还会因冷冻，改变它的结构，甚至疏成一堆散沙。有的时候，可以添加适当的盐，用以降低混凝土的冰点，但是天气太冷，尽管放了盐也无济于事。晏正权毕竟是个聪明人，他首先成立了党员突击队，再支砌火炉，烧开水搅拌混凝土，用此办法，加快混凝土的凝固时间。办法虽土，却十分管用，30多户灾后重建的民宅基本用这个似乎不可理喻的办法，完成了主体建筑，从而实现了2016年的春节，灾民是在新落成的安居房里，吃着丰盛的佳肴、喝着美酒、看着精彩纷呈的春节联欢晚会的节目，憧憬着未来美好幸福生活的喜悦中度过的。而此时的晏正权和他的党员突击队的队员，还没有从极度的劳累和疲惫之中恢复过来，他们只想舒舒服服地睡上三天三夜……

写到这里的时候，我想起了第十四集团军，省委原书记李纪恒曾骄傲而自豪地称赞他们是“云南人民的保护神”。这句话一点不假，在“8.03”抗震救灾中，他们金戈铁马、气吞万里如虎，在龙头山、火德红和包谷垴、新店子留下了不少可歌可泣的英雄、模范事迹，为昭通人民所敬仰。在灾后恢复重建中，第十四集团军，又捐资2000万元，在龙头山修建了一座十分漂亮、宽畅的中心完小，并冠名为“八一小学”，从而在龙头山的废墟上，塑起一块军民鱼水情的巍然丰碑。

我到火德红采访那天，阴雨绵绵、冷风飕飕，透过车窗，外面朦朦胧胧，看不清外面的世界是一番什么模样，但从夏天敏《青山无墨展画轴》和吕亚平《火德红印象》两篇散文中，我得知火德红是一个不是仙境胜似仙境的地方。夏天敏写道：

进入火德红境内，路随山势而蜿蜒，目随车行而变幻，一路上绿树葱郁，竹木环合，开阔处，大片的森林，莽莽苍苍，迤逦而去；逼仄处，一片绿色扑面而来，让人直接扑入到绿的怀抱里。岸畔有参天而立的大树，村庄尽掩绿色之中，偶见房屋一角，也是被风吹拂的树丛露出来的。有树就有生机，有水就有灵气，树多水自然就多，树多你才见到溪水淙淙。树多看得见蓝天白云，树多听得到小鸟啁鸣。

所以，吕亚平赞叹道：

这种与大自然和谐共处、浑然天成，人与人之间团结友爱、互谅包容，在物欲横流的当今，实在难得。人生在世，本来纯洁如同处子，并没有那么多的世俗考量，但在现实生活中却往往被世俗的功利心牵着牛鼻子，被无尽头的物欲、情欲、权力欲驱使而劳碌奔波，斤斤计较，这显然背离了生活的初衷……

与天地同亲，与草木同情，与山川相近，与鸟兽同语，心游八极，物我两忘。珍惜简简单单的幸福，超越物质多寡，地位高低的算计，摆脱为利益整日奔忙的蝇营狗苟，在基本生活无忧的情况下，将生命的重心放到追求精神的独立和自由、心灵的丰富和旷达上。重新发现生活的原貌和自己存在的意义，不让心灵成为欲念黏稠的泥塘，而让它成为清静自在的乐园，这样才能做自己生命的真正主人，淡定看人生，宁静做自我，从容过生活。

两人的生花妙笔，把火德红写活写灵了，足以让人们神思遐想、魂牵梦萦……

牛栏江发源于曲靖，流经贵州，并从所辖的威宁进入昭通鲁甸的江底、火德红、龙头山、乐红和巧家的包谷垴、新店、六合、小河等乡镇，于鲁甸梭山的甘田坝，巧家的红山汇入金沙江。它在鲁甸、巧家境内的流域 101 公里，径流面积 884 平方公里，流域区内的年平均降雨量为 1000 毫米左右，它的平均流量为每秒 157 立方米，最大流量为每秒 2740 立方米。

在火德红李家山俞家沟，有一座巍巍然屹立的陡峭山峰，它的岩石发红，故称之为红石岩。李家山村和巧家包谷垴的红石岩村隔牛栏江相望，相距却不远，乡邻或牧童相遇，除了祝福问好外，还会来两嗓子山歌，其乐融融。而火德红最吸引人的则是那里有一湾温泉，泉水往一千多米之下的岩缝里滃然仰出，流量颇大，里面含有硫和硒。硫可以消毒治皮肤病，它对传染颇巨的干疮有特殊的治疗效果。在春夏时节，凡有人群居的地方，诸如学校和监所，必把此皮肤病列为防疫的重点。往往这个时候，医生就叫每人备块硫黄香皂，常用它来洗澡，便可预防干疮。而硒是人体特别需要的微量元素，世界卫生组织的专家，曾对我国长寿村寨和长寿老人作过深入细致的调查研究后，得出结论说：除了遗传基因及家庭和谐外，一个重要的因素，就是这些老人居住的地方富含硒。故所吃的食物，尽管是同品种的，硒的含量均比别的地方高，饮用水也如此。所以，江西的宜春，长寿老人多，被列为中国最适宜居住的地方，就因为那里有富含硒的温泉。老人早晨起床洗漱、吃点东西后，就抬着盆子到泉边打水泡脚、谈天，下午亦然。故吸引了全国不少离退休的老人到这里定居，商品房价格骤涨，十年工夫不到，围绕着含硒的温泉周围，崛起了一座规模可观的新城，那里的农民不仅一夜脱贫致富，而且家家户户都有了可观的存款。

俞家沟温泉涌出时颇有白居易先生《琵琶行》中，“嘈嘈切切错杂弹，大珠小珠落玉盘”的韵味，故冠名为珍珠泉。其名十分贴切，简直就是神来之笔，只是有点待字深闺无人问的遗憾，每个泡澡的客人只收两块钱，并且让你泡个够，都是含硒的温泉，命运截然不同，让人玩味、深思。结果龙头山地震，把珍珠泉变成了地狱，随着江水猛涨，它被埋在了江水猛涨的牛栏江下面。

地震共造成火德红镇五村一社区，107个村民小组5777户22848人不同程度受灾；因灾死亡59人，失踪3人，受伤243人。全镇民房恢复重建5692户，修缮加固85户，重建学校5所，卫生院一个，卫生室3个。

2017年4月底，我前往火德红采访时，全镇民房恢复重建的5692户，修复加固的85户，已焕然一新，早在2015年底和2016年初，先后全部搬进新居过了春节。国家补助灾民并拨付到位的24535.5万元，全部兑付到了群众手里，无任何截留和差错。

1所镇卫生院和6所村级卫生室也在2015年前后竣工并投入使用。

恢复重建刚刚拉开序幕，火德红镇党委、镇政府就紧紧抓住灾后恢复重建这个重大的发展机遇，高起点规划、高标准建设，高速度推进建设项目。特别在新集镇的建设上。通过反复讨论研究，把新集镇的形象定位为“幸福火德红，未来火样红”。直白、通俗、易懂、好记，很快就深入人心、贴近灾民，从而变成了每个人为之奋斗的目标。在如何体现集镇的辐射功能时，他们概括为“一心、两轴、三组团”。一心即以老集镇为中心，“两轴”即沿龙头山至江底镇的发展轴和集镇内部南北主干道发展轴，“三组团”即集镇北部组团，以恢复重建的居民为主，中心综合组团，以配套公共服务设施为主，南部组团，主要以异地集中安置的灾民为主。集镇路网布局按照“两纵一横”的规划建设，路网全长5.51公里。

那天，我从鲁甸县城出发，汽车驰过干净、整洁、林荫如盖的城镇道路，便转进前往火德红的乡村公路。这条路不知建于何时，虽是硬化的公路，但狭窄、坡陡弯急，且路面多有损坏，不时会遇到坑坑洼洼，所以只能小心驾驶，限速前进。于是，我便想，距城不远的公路姑且如此，经受了地震灾害的火德红，其道路将是一番什么模样，我的心便有几分忐忑不安。渐渐临近了火德红镇的辖区，眼前便为之一亮，蒙蒙细雨中，向我铺开的是一幅幅夏天敏曾经描绘过的画轴。所不同的是，他见到的是晴空日丽下，疏朗明快、让人心旷神怡，被浓淡绿色完全浸透、濡染的山水画。而我见到的却是一幅幅若隐若现的水墨丹青，更让人神思遐想，玩味无穷。更让我感到欣喜的是，道路变得宽畅而平坦，因为新铺了柏油，加上来往的车辆不多，听到的似乎只有车轮和路面的轻柔摩擦声。那天，到火德红的路并不远，汽车却驰进了不同色调、不同韵味、不同风格的画卷。时而浓浓的暗绿色中，隐隐露出别墅式的民居建筑，青瓦暖色调的墙，三五家、七八家，全是灾后恢复重建的安居房，鸡鸣狗吠；时而，云开雾散处，一抹清晨淡淡的阳光下，万绿丛中，是错落有序、色调明快、线条舒展，灾后重建的民居，中等发达的西欧，其民宅建筑，也不过如此。当年，我曾无限赞叹过异国他乡的农村，现在竟神奇般地出现在了火德红这样的穷乡僻壤，中国这些年的发展，真是太厉害了……和我同行的县委宣传部和县文联的领导告诉我说：在鲁甸县，火德红镇的森林覆盖率是最高的，平均覆盖率超过了50%。你若再过一段时间来这里，野生菌上市了，走进林子，随便走上三五里，就可捡到一箩筐。诸如见手青、大把菌、青头菌等等，在昭通每斤可以卖五六十元，这里却只要一半的钱就可买到全是菇菇的菌子。你若是到哪个村民家做客，招待你的便是烟熏火腿炖野生菌，那种可口，那种温暖，那种惬意，足让你流连忘返、刻骨铭心。他俩还说，这些公路也是灾后重建时新修的，从这里出发，行车不远，就可驰上江底前往昆明的高速路。我便说：这里的村民，仅靠这峰峦逶迤的大山，茂密森林中的野生菌，利用便捷的交通运到昆明去，将是一笔多么可观的收入。他俩却说道：以后，把火德红打造成独具风采的特色小镇，发展观光旅游，家家户户就能变成可吃宿的农家宾馆了。这里的野生菌不是运出去，而是吸引外面的游客到这里来消费，从而享受返璞归真、田园风情的文化。这一天，不会太遥远，火德红正加快这方面的努力。

汽车绕过一段较为宽畅、平坦的新修柏油路，我便来到万马战犹酣的新镇建筑工地，三个组团的建设已在2015年末竣工了，现在的重点则是街道的建设。沿着屋檐下的人行道向镇的中心走去，新建的大街，宽畅、平坦，十分气派。水泥浇铸的垫层已经完工，露在外面的是一个个下水道的圆形井盖，我见大型的施工机械都停在路边，也许待路基垫层完全凝固成型了，再往上面或铺柏油，或浇铸水泥。我的感觉，美中不足的是，道路两旁的建筑，似乎低矮了一些，和如此壮阔的大道不相匹配，而显得有些猥琐。

我曾当过山区单小的教师、中学的校长和师专、教育学院的党委书记，前后18年，对学校情有独钟。一到镇上迫不及待地问接受我采访的领导说：灾后恢复重建，遭受损害的学校修好了没有？他们对我说道：在“8·03”地震中，6所村级小学、1所中心完小和1所中学，共8所学校受到了不同程度的损毁。恢复重建中，到2015年尾，就建成鹊落小学、火德红中心完小、火德红中学、银厂和南筐等5所学校，并完全投入了使用。这时恰逢中学即将下课的时候，我便请他们几位领导先带我去中学看看，他们欣然答应，便兴致勃勃地去了。进了学校，站在广场上，迎面是三楼一底的教学大楼，它的两侧是学生餐厅和宿舍，以及教师的办公室。墙上、黑板报上，写着的都是伟人、圣贤和名家读书、做人和励志的经典警句和名言。学校既清秀、整洁，又充满了文化氛围。此时下课了，又是吃午饭的时间，教室里走出的初中学生，不慌不忙，显得十分从容。不像我们当年那样，不管是中、晚餐，只要老师允许离开教室了，便蜂拥而出，并以一百米的赛跑速度向食堂跑去，生怕打不到饭。其实，那时是定量的，之所以如此，是因为只上到二三节课时，早已饥肠辘辘。1960 年，我在昭一中读书时，有次早点只分到 12 颗煮蚕豆，每月半斤肉的供应，分成四次打牙祭，除去骨头，或被厨师偷偷地吃了一些，每次无非就是七八钱。每桌 10 人的一盘端上来了。轮值分肉的同学，只差没有用试验所用的天平来称量了。就是这么一点肉，有的同学舍不得吃，悄悄地带回家去或孝敬爷爷、奶奶、父母亲，或让弟弟、妹妹一起和自己分享。我爹妈是裁缝，那时只发一尺七寸布票，父母便没有衣服可裁缝，家境更是窘迫，因为穷，我小学时就学会了捞鱼摸虾的一点小本事。所以，每天放学后，我都会和发小谢守铭，结伴到中沟埂、瓦窑河和东门，茭瓜沟沟里摸鱼，捉泥鳅，并且每次都能捞上一斤左右。于是，坐在埂子上剐了，用长长的草梗穿了，提回家用水煮了，放点盐和其他家里能有的佐料，老老少少吃得舔嘴抹舌。这样的艰难伴随着我长大，成就了我不忘初心、刻苦努力、坚韧不拔的精神，直到进入古稀之年了，仍笔耕不辍，乐此不疲……

火德红中学的同学进了食堂，在取饭的窗口排成队，有序地从厨房工作人员手里接过有米饭、有炒菜的不锈钢碗，走到大桌子前的盘子里，拿起已经消过毒的匙子，上到楼上的二三层餐厅，或站着、坐着，或几个同学凑在一起，吃着香喷喷的饭。吃完了，便将碗和匙子，统一放在食堂外的几个大盆里，由工作人员统一洗净、统一消毒后，下餐再用。

在放匙子的大桌子上，放有两盘热乎乎的米饭，让那些饭量偏大的同学自己取用，管吃饱，但不能浪费。菜却是定量的，由工作人员统一配给，那天中午是三个炒菜，油汪汪的，让我们几个人也有点馋涎欲滴，真想叫工作人员，也为我们盛一碗，但谁也没有勇气开腔。这时，火德红中学的校长来了，他也是师专的学生，我便问他：国家每月补助学生营养餐的标准人均多少？他告诉我说，住校和走读的学生标准不一样，每年相差 1400 元左右，而火德红的学生为了便于学习，全部住校，所以，通通为一日三餐。其实，除了少数家在集镇上的同学能回去，其他的都无法走读，在那重峦叠嶂的山区，往往听得见声音，但走起路来，则需要较长的时间，一天来回两趟，大量的时间都花在路上了，疲于奔命，无法保证必要的学习时间。现在所有的同学都吃住在学校，除了能保障午睡时间，还可以保证早晚自习。学校的老师，大多都不能回家，就能利用早晚自习的充裕时间，辅导学生，从而提高教学质量。很多山区的孩子，想通过刻苦读书，走出大山，并成为国家的栋梁，但一接触实际，他们的向往和憧憬就成为泡影。本来，城乡的教育资源就不平等，再加上学生的时间大多花在翻山越岭上，他们就是再聪明、再刻苦，也无法实现自己的梦想。火德红中学让学生全部住校，初步实现了城乡教育的平等，真是一件功德无量的大好事，值得肯定和点赞。

在餐厅里，我和好几个同学站在一起谈心，我问他们：在学校吃得好，还是家里吃得好？他们几乎不约而同地回答道：学校里吃得好，顿顿都是白生生的大米饭，每顿都是两三个炒菜，饭摆在桌子上，随我们吃。我又问：有没有同学盛多了饭，吃不了就倒掉？同学的回答十分肯定，他们说，我们就是农家儿女，知道一粟一米来之不易，就是落在桌子上了，也会捡起来吃掉，父母告诉我们，糟蹋粮食，要遭雷打的……我再问他们：早点吃什么啊？同学们回答说，为了方便，几乎每天的早点都是两个煮鸡蛋。

离开学校，我们几人走在路上，议论纷纷，都觉得在13多亿人口的中国，实行九年义务制教育，在老少边地区普及12年义务教育，并在农村为中小学生提供营养餐，是最大的民生。只有在伟大而繁荣昌盛的中国才能做到；城乡教育的平等，古人有教无类的理想，更是只有在共产党领导下的中国做得到，这使我们感到特别的骄傲和自豪！

占地近千亩的火德红新镇，正在如火如荼的建设中，一个功能齐全的特色集镇，很快就将以它崭新而多姿多彩的风貌，崛起在地震的废墟上。

在集镇刚刚启动时，平坝子、小凉山、金竹坪、大湾垭口、鱼塘坪子和山脚等6个灾民集中安置点也在2015年的12月底全部完成了。春节家家户户都在新居燃放鞭炮、张灯结彩、吃着丰盛的团年饭，看着中央电视台的联欢晚会，度过了一次特别温暖、特别惬意，流着感恩热泪的新春佳节……

这6个灾民集中安置点，是采取统一规划，群众自建方式，镇村社干部和“八包八保”干部、技术工程人员为此不知流了多少汗水，有着多少的喜怒哀乐……

在灾后恢复重建中，火德红和扶贫攻坚紧紧地结合起来，相得益彰，共同推进，从而积累了经验，取得了让人刮目相看的成绩。全镇有5村一社，建档立卡的贫困村就有4个，2288户7060人，其中火德红社区395户1159人，南筐村571户1840人，银厂村397户1139人，李家山村398户1128人，鹊落村343户1089人，机车村182户703人。2015年底，由于灾后重建，加上产业扶贫，就脱贫出列了358户1055人；2016年出列1866人；2017年计划脱贫出列3786人；2018年计划脱贫出列353人，火德红镇就实现了2288户7060人全部脱贫出列。他们的经验就是把灾后重建和精准扶贫紧紧地结合在一起，强化了项目和基础设施的落地及建设，同时产业扶持发展也步步跟上。当我前往火德红采访之时，火德红社区中间社到大黑山村社。一条长1公里，投资41万元，惠及160户650名灾民的公路已经完工，投入了使用。机车村大沟边、梁子、湾子惠及402户2015名灾民，投资43万元，长3.5公里的串户路也完全竣工。村民那种喜悦，溢于言表，地震前，秋冬两季时，阴雨绵绵，只要一两天，村子里便稀泥淹过脚背，必须穿长筒水鞋，才能行走，并且常有老人和孩子跌在泥浆里，那种行路之难，不堪回首。现在完全不同了，不仅有通村路，而且有了连户路，全是水泥硬化了的，雨下得越多，冲刷得越光鲜，不管穿什么鞋，越走越干净，进到窗明几净的新居时，不带任何一小点泥进去。他们高兴地对我说，现在我们山旮旯里，也走上了你们城里人走的路，过上了你们城里人的日子了。这完全得益于灾后恢复重建和精准扶贫的有机结合。更让我感慨的是，对较为贫困的灾民还拨付了近160万元，平均每户2000元，用于养殖和种植，因而让每家每户养猪两头，栽了不少的核桃、花椒、环保蔬菜和黄心优质洋芋。现在全镇已栽植核桃5万亩，其中有3万亩连片，从而形成20公里的核桃产业长廊，多么壮观，让人叹为观止。

同时还栽植了青花椒2万亩，两三年以后，按每亩收入3000—4000元计，青花椒就可收入6000万元到8000万元。仅以花椒一项的收入，到2018年底，火德红镇的人均收入可超过3000元。

这些都不是虚拟的数字，它不存在于乡镇领导的头脑里和笔记本上，而是真真实实植根于灾后重建的广袤土地上，并茁壮成长着，让火德红成为一块晶莹剔透的碧玉，并不遥远，它已在我们的面前……

在火德红，牛栏江堰塞湖变废为宝、变害为利，不仅仅是鲁甸、巧家的灾后重建项目，它是国家层面、举世震惊的伟大杰作，它又一次彰显了中国的朝气蓬勃和繁荣富强……

李家山和红石岩因“8・03”地震，两山垮塌到牛栏江的岩石超过1200万方，它在峡谷中形成长700米，高96米的坝体，其顶部最低高程为海拔1216米，若水位达到顶部最低高程时，库容便可达到2.6亿立方米，回水25公里。是四川汶川地震时，所形成的唐家山堰塞湖的4倍，烟波浩渺，为世界之最。

坝体太高太厚，几乎让牛栏江在转瞬之间断流。地震的第二天上午，已有54户因上涨的江水浸泡而倒塌，11户民房开始进水，每小时的涨幅达到了1.1米。到8月5日的下午四点左右，湖内的水量接近5000万立方米，水涨的速度变成了每小时0.16立方米，其根本原因，是随着水位的升高，湖面扩大所致。第二天的下午两点左右，湖里净增了600万立方米水，堰塞湖的水量达到5600万立方米，此次水位竟上涨了两米。到场的几位国家级专家认为：若按此速度上涨，最多三天时间就可能漫顶，导致大坝崩溃。其后果直接威胁到鲁甸、昭阳、巧家三县十一个乡镇，3万多人的生命财产安全，并冲毁淹没肥田沃地3.3

万亩。同时引发的灾难还波及会泽县的两个乡镇1000多人和小岩头水电站，地处下游的天花板、黄桷树电站也在劫难逃，将毁于一旦……

1933年的8月，四川茂县的叠溪发生了7.5级的大地震，眨眼之间，整个迭溪坝子夷为平地，变成废墟，史料记载：地郭无存。有个牧童，在强大的震波推动下，竟然凌空展膀，飞越了两座山岭后，落地被摔得粉身碎骨。这种现象极为罕见，让人们瞠目结舌，百思不得其解。伴随着巨大山崩地裂和雷霆万钧的泥石流，使奔腾咆哮的岷江断流，并壅塞成湖。腐败的国民党政府对此不闻不问，束手无策，听之任之，根本没有任何心肠、任何办法和任何力量处置，并排出险情。殊不知，几年后壅塞湖大坝坍塌，湖内的洪水顷刻之间轰鸣而下，又一次张皇失措的人民群众无路可逃，大多数人被浊浪卷走。地震使茂县叠溪死伤4万多人，堰塞湖溃堤，洪水吞噬了8万多人，其灾难远远超过了地震。

以习近平同志为核心的党中央得知红石岩堰塞湖的险情后，十分重视，严令各有关单位，务必在漫顶之前，想尽办法，采取强有力的措施，确保人民群众的生命财产安全。从而擂响了红石岩堰塞湖抢险排危的鼙鼓，让世界惊羡，国人关注。

8月4日，在国家防总、水利部和云南省政府的统领下，有关专家、学者、省属厅局和昭通市县的领导聚集在一起，对如何落实中央的指示，进行了分析研究，提出了规划建议。并于当天成立了排危抢险指挥部。

经过专家、学者的认真研究，深思熟虑后，关键的第一步必须排除一部分堰塞湖的洪水，减小堤坝的压力，确保不坍塌溃坝。唯一的选择就是爆破，但如何才能进入堰塞湖呢？专家、学者选择了三条路：第一条是从巧家包谷垴红石岩进入，但此条路损毁严重，三五天都难以抢通，大型机械和爆破器材无法进去。第二条从鲁甸龙头山天生桥经红石岩水电站的老路进去，这条路更是麻烦，道路不仅被坍塌的泥石流堵断了，一些路段甚至被堰塞湖淹没了。第三条从火德红到李家山村后，再由水路进入大坝，而进入李家山的公路原本就差，地震后，这些路在什么地方，也不易找到了，再说，堰塞湖里漂浮的全是体量较大的家畜尸体、房梁杆杆和倒塌的大树，各种大型机械从水路进入亦困难重重，交通成了排危抢险的第一大难题。余震不断，疏松的山体常常滚下巨石，均砸在原来的公路上，疏通公路的人员十分危险。湖里的水位上升很快，也是险象环生。红石岩堰塞湖影响波及地方的人口又不能在短时间内疏散，加之国人又特别的关注，各省市的专家、学者，还有不少的普通老百姓，纷纷给总指挥部出主意、提建议。真是五花八门，让人目不暇接。诸如：用炸药再爆破大坝两边的山体，增加大坝的高度、长度和厚度，形成地震堰塞湖，直接就将它变成一个水库；采用高度的爆炸，就像再来一次地震，彻底摧毁因地震导致的 1200 万立方米巨石筑成的大坝，但得事先疏散下游的群众，冲毁农田在所难免；其二，准备足够粗的软质导管，采用倒虹吸的办法，减少库容。如此等等，都缺乏科学性和全局性，无法解决冒顶或溃坝的燃眉之急，无法有效地保护人民群众的生命财产安全。何去何从，基本的方针就是既要解决面临的严重危险，又要长治久安，给人民群众带来福祉。所以，处置方案要具有严密的科学性和可操作性，把损失降到最低限度。正因为如此，需借鉴国内外成功的经验，从现实出发，经过反复论证，形成最佳的处置方案。否则将功亏一篑，必须慎之又慎，任何轻举妄动，都是对国家、民族不负责任的表现。

对红石岩堰塞湖的排危抢险，是一个浩大而系统的工程，它涉及好几个学科，故需群策群力。于是，总指挥部兵分四路，第一，竭尽全力抢通进入堰塞湖的道路，让各种机械尽快进入施工现场，否则一切都是纸上谈兵，于事无补；第二，想方设法动员、转移下游的群众，做到不留任何盲点；第三，调集各方面的专家、学者，尽快拟定抢险排危的施工方案；第四，由武警水电部队担负主攻，完成大坝的施工任务。

当天，鲁甸、巧家、昭阳和会泽县的12个乡镇，便以最快的速度，紧急疏散村民12797人。

第十三集团军某工兵团、第十四集团军某旅按照指挥部的命令，很快集结到抢险保通的施工现场。官兵们不怕风吹浪打，胜似闲停信步，早把自己的生死置之度外，他们只有一个信念，抢通生命线。经过昼以继夜的拼搏，他们终于打通了被乱石和泥石流损毁的生命线，武警水电部队的大型排危设备、工程机械，各种作业器材、炸药和救灾物资，陆续进入现场。同时，可载600吨的漕渡门桥亦从水路挺进，到7日已万事齐备，只欠东风了。

8月6日，由中国电建集团昆明勘测设计院、长江水利委员会专家组和昭通市水利水电勘测设计院拟定的应急排险处置方案获总指挥部批准。其方案的主导思想是采取工程排险与群众疏散避险相结合，实现开糟引流，降低水位，减少库容，排除险情为目标。具体的目标则采取自下而上、分步拓宽、推挖开举的方法，所以在堰塞湖顶部开挖底宽5米、深8米，坡比为1∶5的泄洪糟，总方量为10.3万立方米。需动用挖掘机、推土机、自卸车150多台，施工人员400人，保证人歇机不歇，夜以继日，也需5天时间方可完成任务。

7日清晨，全面决战堰塞湖的序幕拉开了，在突击队长的带领下，7名顶天立地的英雄登上了堰塞体大坝，他们当中有两名钻工，4名爆破手。紧随着，又有22名生能舍死，做千秋雄鬼死不还家的武警官兵登上了坝端，开始了惊心动魄的血战。他们出发时，突击队长是和前线总指挥、解放军副总参谋长戚建国上将立下军令状的，若完不成任务，愿意接受任何惩罚，包括就地正法。从那个时候开始，从中央电视台到地方电视台，滚动播放着堰塞湖的进展情况，瞬息之间，把13多亿人的神经绷得紧紧的，每个人都为大坝上的官兵捏着一把汗，13多亿颗心凝聚在了一起，同呼吸，共患难……

8月12日傍晚，随着声声巨响，一个横亘在大坝上，重数百吨的石头终于爆破成功。700米的长堤上，一个顶宽30米，底宽5米，深8米的斗形泄洪槽大功告成了。这次红石岩堰塞湖的抢险排危，中国人民解放军和武警部队出动了1000多名官兵，200多台大型机械，用了近40吨炸药，爆破100多次。其中一次性使用炸药一吨以上的爆破多达13次，开挖土石方超过10万立方米，创造了若干个世界第一。

红石岩堰塞湖排危抢险的全胜，彰显了党和国家，万众一心的凝聚力和国家的综合实力，更彰显了中华民族的聪明才智和坚韧不拔，勇于牺牲的献身精神。

8月20日，牛栏江堰塞湖排险处置指挥部指挥长、国家防总秘书长、水利部副部长刘宁宣布险情排除的同时，介绍了堰塞湖的应急处置包括“应急处置”“后续处置”和“后期整治”三个阶段。总体要求是“从最不利的情况出发，向最好的结果努力”。而刘宁的总体思路则是将堰塞体改造成水利枢纽，变堰塞湖为可控性水库，从而集灌溉、发电、防洪、旅游等功能为一体。他兴奋地说道：

“牛栏江堰塞湖容积大，若改建成水库，在牛栏江下游的梯级电站调节运用中，具有龙头的作用，水资源的利用率更高，电量和容量的效益更加明显。这一设想如能实施，将会变害为利，惠及周边地区。”

刘宁的话，道出了昭通人民的心声，同时也拉开了这个国家级的灾后重建工程。红石岩堰塞湖将成为中国第8个自然风光特别美丽的湖泊。之前已有天山天池、长白山天池、青海湖、喀纳斯湖、西湖、日月潭和马湖，其中除马湖外，其他的6个湖均被列为中国最美的地方，并得到世界的公认。

长白山是一座处于休眠期的火山，历史上曾有过7次大的喷发，最后一吹喷发是1702年，就是这次喷发，形成了巨大的火山口，从而积水，演变成了我们今天能看到的天池。成湖至今，已有300多年。围成天池的火山浮石有一个大决口，池水漫溢，蜿蜒流淌约一公里，从悬崖峭壁飞流直下，形成著名的长白山瀑布，它汇入松花江，成为松花江一个不可忽视的源头。长白山天池的面积不太大，周长不过13公里，水深却接近400米，史书称天池水“冬无冰、夏无萍”，其原因是池内有多处温泉，从而形成温泉带，使水温始终保持在42摄氏度左右。隆冬时节，就是在零下30多摄氏度的严寒之下，它也热气腾腾，冰消雪融，冰火两重天，互不干扰，这便是它的奇特之处。明净如镜的天池水清澈、透明，在晴空的映衬下，犹如一颗镶嵌在广袤山野中的一块碧玉，让人忘怀尘世，如登仙境。

天山天池古称瑶池，相传是西王母娘娘宴请周穆王之地，更是群仙聚会的地方。面积约 5 平方公里，水深上百米和数百米不等，它属于第四纪冰川运动而形成的冰渍湖。湖水清澈如玉，群山环抱，绿草茵茵，野花万紫千红，云杉挺拔，塔松漫山，团团如盖，遮天蔽日。雄健的博格达主峰直插云端，峰顶的冰川积雪闪烁着诱人的银光，与湛蓝碧绿的湖水相映成趣，构成了天下奇观。值得一提的是它脚下有两个小天池，其中一个便是人工水坝的杰作，因大小三个天池相得益彰，浑然一体，恰到好处，景色天成也。

青海湖由于地面下陷而形成，属构造断陷湖，湖水面积达 4500 平方公里，是昭阳区总面积的近两倍，最深处 28 米，平均水深 19 米，总蓄水量超过 1000 亿立方米，年平均气温 15 摄氏度，最适宜人居住。青海湖最先形成时是个淡水湖，那个时候，青海温和多雨，湖水通过东南部的倒流河泄入黄河，属外流湖泊。以后由于地壳继续运动，湖边的日月山和野牛山迅速抬升，堵塞了青海湖的外流，最后终于形成只进不出的闭塞湖。加之气候变干，湖水蒸发量增大，水量减少，湖中的各种矿物质浓度增大，导致淡水湖变成了咸水湖。

青海湖盛产裸鲤鱼，每年四五月间，鱼群游到附近的河流内产卵，在布哈河口处，鱼群密密麻麻，就像厚厚地铺在水上那般，青海湖形成一大片金色。体健肉肥的裸鲤鱼游动有声，挤挤擦擦，翻腾跳跃，异常壮观，形成一道奇特的风景，人们慕名而来，游人趋之若鹜，如痴如醉，流连忘返。

裸鲤鱼刚刚摆完卵，多达 163 种的候鸟便迁徙于此，其中就有斑头雁、鱼鸥、黑颈鹤、天鹅、赤麻鸭。它们在这里繁衍生息，故求偶声此起彼落，构成了一部极其动听、极其恢宏的生命交响曲。金秋之后，除这里的长住居民外，其余的候鸟都飞到南方越冬，这是大自然选择的结果。

若你有兴趣到那里，站在青海湖畔，极目远眺，群峰逶迤磅礴，湖周围青草如天织的碧毯，湖水波光粼粼，烟雨氤氲。竖耳聆听，到处都是鸟的欢鸣声，是那样的悦耳、动听，让人感到如在画中，如临仙境。

新疆的阿尔泰山西麓，有一座形如弯月的喀纳斯天湖，它的总面积 55 平方公里，水最深处接近 200 米。喀纳斯是蒙古语，意为美丽富饶而神秘的地方，它形成于 20 万年前，是第二次大冰期的巨大复合山谷冰川刨蚀而成。当时，喀纳斯冰川长达 100 多公里，冰川厚度两三百米，以后，冰川缓慢而稳定地退缩，在喀纳斯湖口留下宽 1000 米，高 70 米的终渍垄，而后即迅速退却，形成了现在喀纳斯湖的基础。

这里地处欧亚大陆腹地，并远离海洋，光热资源丰富，故春天较为温暖。大西洋西风气流温湿气团的不断涌入，带来了大量的降水，年降雨量达 1000 毫米以上，比昭通还多出 300 毫米左右。水气通道使这里成为新疆最湿润的绿色世界，空气清新、负离子浓度高，是休憩养生的最佳地方。喀纳斯湖的神韵，是它多变的景致和云雾。它地处一个凹陷的山谷，故雨过天晴，气温略有回升，水蒸气便从湖面蒸腾而起，并在山林中袅袅散开。此时，山风吹来，云雾东飘西游，宛如仙境，神秘而让人遐想，它能深深地浸润你的灵魂，让你去寻找别样的天堂……

据史料记载，远在秦汉时期，西湖还是一个和钱塘江相连的海湾，傲然挺立在西湖南北的吴山和宝石山，是怀抱着这个小海湾的岬角，即是两个伸入大海的小山一角。后来由于潮汐的冲击，泥沙在吴山和宝山最狭窄的地方堆砌起来，形成沙洲。随着时间的推移，沙洲不断从东、南、北方向扩展，终于把吴山和宝山连接起来，便把海湾和钱塘江分隔开来，原来的海湾就变成了一个内湖，因地处西边，唐朝时就称之为西湖。

阳春三月，莺飞草长，苏白两堤，桃柳夹岸。两边是水波潋滟，游船点点，远处是山色空蒙，青黛含翠。西湖的美景不是春天独有，夏日里叶接天碧的荷花，秋夜中浸透月光的三潭，冬雪后疏影横斜的红梅，无论你在何时来，都会领略到不同寻常的风采。西湖作为国家级的重点风景名胜，除了自然风光外，更主要的是历史悠久、人文荟萃，文化意蕴十分丰富，其主要的景点有：断桥残雪、平湖秋月、三潭印月、双峰插云、苏堤春晓、花港观鱼、曲苑风荷、南屏晚钟、雷峰夕照、柳浪闻莺等等迷人景致，南宋就已经粗具规模，故后面崛起的均无法比拟。

宝岛台湾的日月潭，是玉山和阿里山之间的断裂盆地积水而成，是天然湖泊。日月潭的四周群山环抱，重峦叠嶂，潭水碧波、晶莹剔透、优美如画。湖中有小岛，名曰：光华岛，以此岛为界，北边形状如同圆日，南边形状犹如一弯新月，日月潭因此而得名。这里除美丽的湖光山色外，充盈着的则是中国儒道释的传统文化。在玄光寺中，不仅供奉着玄奘的全身塑像，从玄光寺后登上1300级台阶，便到玄奘寺，里面存放着弥足珍贵的玄奘大师的遗骨。在日月潭西北的坡上，修有涵碧楼，原为“台湾省”政府的招待所，现为一流的西式宾馆，门前有两棵硕大的椰子树，穿透过一楼阳台而生长，别有一番情趣，显得特别的清静、雅致。站在涵碧楼顶的平台上，凭栏赏潭，湖光、翠竹、远山、绿树、白云、小舟尽收眼底，让人心旷神怡。

四川马湖，也是由冰川浸蚀，堆积堵塞而成，它虽没有列为中国一百个最美的地方，但水质特好，碧澄透明。堰塞体有小股湖水渗出，坝外形成一片湿地，生长着稀有的莼菜，全国大大小小的湖泊，只有马湖和西湖能长出莼菜，从而证明它的水质特佳，可以直接饮用。湖心有一树木葱茏的小岛，并修有杜宇的寺庙。《华阳国志》上十分清楚地记载道：有奇男子杜宇，从天而堕，止于朱提……他无疑是我们昭通人，其妻梁利生于朱提江源，大概就在鲁甸的水磨乡。他离开昭通，去到成都平原，建立了蜀国，称为望帝，参与创造了举世闻名的“三星堆”文明。他把朱提的农耕文明，带到了成都平原，教人栽桑养蚕，抽丝织锦。杜宇死后，老百姓感念他，认为他变成了催耕催种的子规鸟，唐诗故有：“子规啼血杜鹃红”和“望帝春心托杜鹃”的千古之绝唱。昭通人，不管谁到了马湖，必心有所仪，魂牵梦萦……

中国第八个最美丽的湖泊便是灾后重建的鲁甸、巧家、牛栏江红石岩堰塞湖。

2014 年 8 月 12 日、10 月 4 日，在党中央和国务院的高度重视下，在国家防总、水利部的帮助指导下，在省委、省政府的坚强领导下，省水利厅精心组织，科学谋划，举全厅之力，与武警水电部队、工兵团、水电十四局经过生死涅槃的拼搏，胜利完成了应急排险和后续处置两个阶段的艰巨任务，并达到预期效果，有效缓解了险情。但由于防洪标准不到两年一遇，防洪级别极低，如遇复杂天气过程，容易引发灾害链，必须抓紧灾后综合整治重建工作。

时任省长的李纪恒很快就派出刚刚到任，且分管农林水和灾后重建工作的副省长张祖林率队到国家水利部汇报灾后水利恢复重建堰塞湖后期永久整治工作，得到国家水利部认可后，遵照《国务院关于印发鲁甸地震灾后恢复重建总体规划的通知》的文件精神，连连向省委、省政府请求批准成立牛栏江红石岩堰塞湖永久性整治工程建设指挥部和建设管理机构的请示。很快就得到了省委、省政府的批准，省水利厅于2014年10月22日组建了永久性整治工程建设指挥部，在项目法人手续完善前，牵头负责整治工程的建设管理工作。为了依法依规并高效推进牛栏江红石岩堰塞湖整治的各项工作，副省长张祖林又很快对《云南省水利厅关于红石岩堰塞湖永久性整治工程有关工作的请示》做了十分明确的批示：同意，请按公司法注册运营公司。务必按现代企业制度加强公司管理，高效运作，把红石岩堰塞湖永久整治工程做成扎实的惠民工程，把管理机构建成一流的国企，即体量大、效益高、可持续发展能力强，清廉干净的名牌企业。

2015年8月4日，省政府副秘书长普建辉上报工程可行性研究报告（待实施方案）审批方面存在困难和问题的请示，张祖林也明确地批示道：

“我同意财政厅意见，政府投入资金控制在30.539亿元以内，其余所需资金通过贷款、股份合作、社会资本进入等方式进行筹措。请水利厅抓紧牵头落实资金筹措方案，不能再拖。”

2015年9月22日，经水利厅批准，组建了云南水投牛栏江堰塞湖整治工程建设有限公司，作为红石岩堰塞湖整治工程项目法人，开展堰塞湖整治工程建设管理、资金管理、综合协调及电站重建融资及建设，后期运营管理等方面的工作。同时根据省政府 2015 年 81 期会议纪要精神，指挥部和项目公司采取“两块牌子一套人马”模式进行运作。并设有综合部、计划财务部、工程技术部、质量安全部、环境移民部、合同管理部、安全生产部及水利厅派驻的纪检组。现有职工 40 人，其中水利厅及昭通市抽调了 15 人。

就在整治堰塞湖的可行性报告酝酿形成过程中的 10 月 3 日 15 时 21 分，红石岩堰寨湖应急泄流洞突发涌水险情。正在应急泄流洞作业的 20 名水电十四局施工人员在紧急撤离过程中，有 6 人失踪，4 人受伤，其余均安全撤离。水电十四局立刻组织人员搜救，连续搜救了 10 天，终于在牛栏江天花板电站库区找到了一具受难者的遗体。其余的 5 位施工人员，最后用自己宝贵的生命，永远地篆刻在了灾后重建红石岩堰塞湖的历史丰碑之上，人们不会忘记他们……

工程建设拉开序幕之后，针对堰塞湖的整治，进行了维持现状、整体拆除与除害兴利三个方案，从经济技术合理性进行了综合对比，从而得出行之有效的建设方案。

维持现状方案，一开始提出，就招致异口同声的否定，而毅然决然地放弃了。其原因很简单，应急排险的突击施工，因考虑当时的应急和排险、防洪度汛的标准低，仅仅通过高边坡的整治及通过应急泄洪洞泄洪的措施，从而减少堰塞湖的库容，防止堰塞坝的坍塌。这样的结果，将使红石岩堰塞湖始终存在着溃坝的危险，一旦江水猛涨，必紧急转移疏散上下游的群众，这样的折腾，谁都受不了，这样的方案不可取，它影响着党和国家的声望和形象。

第二个方案是整体拆除堰塞湖大坝，恢复牛栏江原来的风貌。但是，红石岩堰塞体的大坝体型巨大，体积超过1200万立方米，要拆除它，代价太大，仅拆除运输费用，就得超过20亿元，加之周围40公里的范围内，根本没有任何地方，可以堆下这千万方的弃渣，最后只能放弃。

第三个方案便是除害兴利、变废为宝的方案。即将堰塞湖改造成一座大型水利工程，具有人畜饮水、灌溉、发电、旅游、环库经济等等经济效益。通过综合比较，云南省政府批准了除害兴利的方案。

随即，在2015年1月21—23日，完成了《牛栏江红石岩堰塞湖整治工程可行性研究报告》的审查。省水利厅、省发展和改革委员会于2015年11月5日批准了这个可行性研究报告，并明确指示：该可行性研究报告，作为编制实施方案的依据。实施方案编制结束后，2015年11月21—26日，水利部水规总院又对《牛栏江红石岩堰塞湖整治工程实施方案报告》进行了评审，12月10日向云南省提交了评审结果。审定工程静态投资36.67亿元，工程总投资37.99亿元，其中包括建设期利息。中央财政补助资金15.54亿元，电站融资15.14亿元，人畜饮水及灌溉工程纳入省水利发展“十三五”规划，由昭通市组织实施，投资4.92亿元。与可行性研究阶段相比，实施方案的投资增加了2.39亿元，其中，建设征地，移民补偿和环境整治投资增加了13455.73万元，除险防洪工程投资增加了2210.33万元，经省发改委同意通过省级水利建设资金予以补助。2016年2月3日，云南省水利厅和省发改委正式批准了这个灾后整治工程的实施方案，重建红石岩堰塞湖大型水库工程终于埃尘落地。

到现在为止，指挥部、项目公司已组织完成了牛栏江红石岩堰塞湖地震安全性评价，土地、环评、水资源论证，水土保持、林业用地规划、矿产压覆，文物古迹等16个专业报告的编制工作。目前已完成14个专题和实施方案的审查审批工作，2017年4月底，我前往红石岩堰塞湖工地采访时，这14个专题和实施方案，已取得相关部门的批复。

现在堰塞湖的整治工程的业主为牛栏江红石岩堰塞湖整治工作建设指挥部和工程建设有限公司。而参与工程建设的有设计单位一家；第三方质检单位一家；主体工程施工单位五家；主体单位的监理单位二家；移民监督评估一家；工程安全监测单位四家。真可谓群星荟萃、精英云集、大事必成。

灾后重建的红石岩堰塞湖整治工程，被云南省委纳入恢复重建的3026项目中的重点项目之一，故务必在2015年12月底以前，完成前期所有工作的筹划、准备，2016年2月底前必须开工建设。省指挥部和工程建设有限公司，在顺利完成可研、实施方案报告的审批后，红石岩堰塞湖的整治工程便于2016年2月全面开工建设。鲁甸“8·03”地震灾后恢复重建，又掀开了浓墨重彩的崭新一页。

一年多来，牛栏江红石岩堰塞湖整治工程在省委、省政府的高度重视下，在水利厅党组的坚强领导下，在昭通市委、市政府及各有关单位的配合、支持下，通过各参建单位的努力拼搏，成果斐然。累计完成投资11.84亿元，其中工程建设完成投资7.02亿元，征地移民完成投资4.82亿元，2016年年度完成投资8.68亿元，占年度计划8亿元的108%。2017年计划完成投资8.5亿元，到我前往采访的那一天，已完成了6900万元。在工程的五个方面显示了大国工程的风采，其中有两项工程，破了世界水利工程建设上的两个先例，为中国所独创，从而引起了全球的震惊和赞赏。

第一，右岸的1200米溢洪洞顺利贯通，并完成混凝土的浇筑，并将防洪标准提高到了百年一遇，真是固若金汤。从而有效地确保了堰塞体及上下游群众的生命财产安全，目前正开展溢洪洞出口边坡开挖、支砌等项目的施工。

第二，右岸高边坡整治工程进入扫尾工作，局部排危处理工作于2016年12月11日基本完成，已向电站项目，上游库区复建交通隧道提交工作面。

右岸的高边坡，在施工的过程中，发现了40米到50米的裂缝，在世界高边坡的治理中，前所未有，故没有可借鉴的先例和经验，万般无奈之中，在2016年10月24日，只好把中国水利工程建设的泰斗、中科院院士陈祖煜，中国工程院院士马洪琪、钮新强请到红石岩堰塞湖的工地上来。经三位泰山北斗的仔细观察和反复思考研究、论证，提出了对裂缝进行爆破排危施工的肯定意见。即通过爆炸，将裂缝扩大到一定的宽度和深度后，冲洗清理干净后，再浇筑高标号的混凝土，使之在强度和结构上和原来的岩石浑然一体。并且体量巨大，这样便可做到固若金汤、坚如磐石，方可抵御想象中的灾难和风险。

指挥部和项目公司的决策者，没有半点犹豫、毅然决然地接受了三位泰山北斗的建议，到我前往红石岩堰塞湖采访的时候，已完成了右岸边坡下游侧新增的大裂缝的爆炸排危施工；完成右岸边坡上游侧新增危岩体排危处理和右岸边坡上游侧1780米高程以下部位，主动防护网安装及喷混凝土等工作。为下一步溢洪洞、发电引水洞、泄洪冲沙洞，“三洞”进口安全施工奠定了坚实的基础。

第三，世界没有先例的大难题，就是在垮山形成的堰塞体大坝中央修一座长 267 米、高 130 米、厚为 1.2 米的防渗墙，它为一级建筑物。说得简单而清楚点，就是在地震时形成的堰塞体，即乱石堆砌起来的大坝中间，修筑一座长 267 米、高 130 米、厚 1.2 米的高标号的现代化混凝土大坝。并且不能渗漏库中的水，同时还能顶住浸透在水中，那因垮山而形成的半壁大坝，又能保持水库外的半壁大坝不致坍塌而堵塞水库下游的牛栏江。若有这样的情况出现，又会在牛栏江的下游，形成大大小小的堰塞湖，从而威胁着人民群众的生命安全。工程技术人员向我介绍时，我觉得简直就是不可思议的天方夜谭。我是学理科的，应该尊重科学，因为它的规划设计，正一步步变成现实。截至 2017 年 4 月底，堰塞体左岸的防渗墙已完成预爆 12877 立方米，预灌孔 8506 米及 4 个 12 米槽段防渗墙浇筑。我的理解即是，在原有的堰塞体坝上，通过爆破的方法挖槽，已取走 12877 立方米的乱石。而防渗墙进入江底的桩基础已浇筑混凝土 8506 米和连接桩与桩之间的 4 个 12 米长的槽段防渗墙。可见工程正按预期的速度，正常而有序地向前推进。左岸灌浆平洞完成洞体开挖 140 米，只有 85.1 米正在进行中。右岸则完成防渗墙灌浆平台填筑，并完成预爆 1140 米，预灌孔 753.2 米。一句话，拼搏在灾后重建堰塞湖水库第一线的工程技术人员和工人正披星戴月、挥汗如雨地劳动着，正一步步铸就大国制造，展示华夏民族的勤劳、勇敢和聪明、智慧。

第四，右岸长 334.5 米的交通隧道工程已全线贯通。工作面已转入上游库区堰塞体隧道交通的复建和易家沟两个工作面的开挖，进出口累计进尺 751 米，足让人惊叹。

第五，原红石岩电站拆除工程已近尾声，引水发电系统工程一号施工支洞，已开挖支护了252米；引水隧道主洞开挖完成816米，只剩下410米；调压井4米导井扩挖已全面竣工；6号施工支洞也开挖完工；压力钢管段导洞早在4月初就完成了；三洞进口的边坡1310米高程以上也已开挖完成。

整个工地如火如荼，方兴未艾，体现了中国速度，让人倍感欣慰和激动。

在施工万马奔腾、日新月异的同时，移民工作也进展顺利。4月底之前，已累计支付征地移民资金3.61859亿元，其中昭通市2.33559亿元，曲靖市1.2830亿元。完成移民搬迁5115人，其中昭通市3105人，其中搬迁1626人，生产人员1479人；曲靖市2010人，其中搬迁人口964人，生活安置人口1046人。现在他们到了新的劳作和生活环境，比较适应，没有任何反弹、安居乐业。他们认为：舍了小家，顾了大家，他们的一点点小的牺牲，将会换来更多群众的幸福。

红石岩堰塞湖灾后整治重建工程，按照规划设计，最后校核的洪水位1208.06米，相应库容1.85亿立方米。正常蓄水位1200米，相应库容为1.41亿立方米，死水位1180米，相应库容6100万立方米，调节库容800万立方米，具有季节性的调节功能。工程灌溉面积6.3万亩，可满足近7万人的人畜饮水。总装机容量为201万千瓦，枢纽等级属二等大（二）型电站，堰塞体大坝为一级建筑物和泄洪建筑物。电站进水口为二级建筑物，引水发电建设为三级建筑物，其他附属建筑物，均为三级。

牛栏江红石岩堰塞湖的灾后整治重建工程，虽按规划设计，有序而顺利地进行着，但省委仍高度重视，没有半点懈怠，仍列为省政府

2017 年 20 项重大建设项目的重点督查项目。正因为如此，省水利厅更是高位推进，精心组织，厅主要领导，多次亲临现场视察和指导工作，反复强调堰塞湖整治、重建的重要性和必要性，要举全厅之力抓好这个扬国威、利民生的大工程，并将其列为 2017 年的重点工作。要求并保障 2017 年务必完成投资 8.5 亿元和实现堰塞湖除害兴利项目的建设如期完成。

堰塞湖整治指挥部、项目公司在总结两年来取得好成绩的同时，再接再厉，更上一层楼。他们将采取更规范的管理，更强有力的措施，在确保工程建设进度时，确保质量和安全。所以要强化“四个意识”，尤其是核心意识和看齐意识，勇于担当，敢于负责，“撸起袖子”干好大事。更要加强廉政风险的防范和拒腐防变，做到工程、资金、干部和生产四个安全。

更要充分发挥好国家水利部水规总院作为工程建设全过程技术咨询单位和以马洪琪院士为组长，陈祖煜院士、钮新强院士为主要成员的高层次专家组等两个专家团队及勘测设计院的技术支撑作用，及时解决好工程建设中的技术难题，有序组织好整治工作。务求按质按量按时完成这个惠民工程的建设。

可以肯定，红石岩堰塞湖整治重建工程一旦完成，昭通也许会赋予它珍珠湖的美名，因为往日如珍珠一般滃然仰出的温泉，已深深地埋入湖底，从而得到了天地之灵气。从此，她便可以得天独厚地将牛栏江奔腾入海不回头之水和龙头山峰峦叠嶂之山集于一身，这便是珍珠湖的魅力之所在。她山水丽质天成，再赋予人工雕凿装饰，将山碧、水秀、峰雄、奇峻融为一体，真乃美妙无穷。这里两岸青山连绵不绝、奇峰林立、逶迤磅礴。湖畔四周，翠竹、茂林、原野、桑田随处可见，重建的民宅点缀其中。花木扶疏、炊烟缕缕、鸡鸣狗吠、牧歌悠悠、充满诗情画意、恬淡温馨，她简直就是一幅绝色的山水画卷……而昭通人也多了一个共同的梦想，俯瞰珍珠湖天光云影的万顷碧波、上天如何在生死涅槃中，用生命和鲜血造就了这一方奇景……梦想没有极限，美轮美奂同样如此，但珍珠湖却能用有限的空间，来容纳龙头山无限的美，凝聚千万游客的心，从而给昭通人带来福祉……

龙头山和火德红灾后恢复重建，包括公共服务设施在内，让民众的居住环境提升了30年，这是一件可喜可贺的大好事情。它无可置疑地体现了以习近平同志为核心的党中央，始终把人民放在心上，做在惠民行动上的执政理念，同时也彰显了国家的繁荣富强。但灾民通过什么产业，并确保持续发展，过上更加美好幸福的生活，值得我们各级党委和政府认真思考，并付之脚踏实地的践行。正因为如此，我首先采访了鲁甸县委书记夏文勇、县长马洪旗。他俩的思路非常清楚、明晰，其关键就是从鲁甸的实际出发，自觉地融入高标准发展现代农业产业，实现昭龙经济一体化。在这个问题上，马洪旗深思熟虑，娓娓道来：

鲁甸灾后重建的总户数为4.8万户，加固的是4.4万户，482个重建项目，其中，学校93所，县乡医院102所。截至目前，大多数已重建竣工，但有很大一部分重建项目，还没有启动，或停滞不前。其根本原因就是规划大和资金不到位之间的矛盾所造成。不少的地方，主体建筑和资金到位了，配套资金却迟迟没有落实；规划和实施过程中，出现矛盾，其瓶颈亦是资金不到位；在统规统建过程中，实际造价和概算造价就有很大差距，并且没有配套的资金。总数缺口资金30亿元左右。其中城内的项目，诸如学校、医院，接近10亿元左右的资金没有落实。但是，我们不因资金缺口大而不作为、不敢担当和不尽责任，相反还得保持抗震救灾中所焕发出来的不怕苦、不怕死的奋斗精神，想尽各种办法，调动一切积极因素，夺取灾后恢复重建的最后胜利，为党的十九大召开，献上一份厚礼。

龙头山、火德红和乐红，在6.5级的地震中，竟遭此重创，一个根本性的问题就是穷，所以老百姓的住宅，绝大多数为土坯房，地震袭来，绝大多数都倒塌了，或者成为摇摇欲坠的危房，使人无法居住。地震那天，正是收获花椒的时候，好在很多人都上山摘花椒了，否则伤亡的人数更多。而造成贫穷的根本原因就是资源差，产业十分单一，故收入微薄，发展什么产业，成了我们最棘手的困难。所以，灾区能否正常发展、摆脱困境，过上幸福、美满的生活，成了我们每一个人昼思夜想的事情，那就是，只有通过县级产业的发展，才能突破灾区的困境。

首先，鲁甸要想方设法创造条件，和昭阳中心城市成为一体，并且能错位发展，把鲁甸打造成中心城市的后花园。用以发展旅游、养生和休闲，欲达此目标，应主动融入，方可促进第三产业的发展。新机场和高铁的修建。为鲁甸和昭阳中心一体化提供了便捷的交通。鲁甸还想利用昭鲁坝子一马平川的优势，修筑自行车绿道，使鲁甸成为自行车爱好者趋之若鹜的地方。春节前，我曾去过昭通市文联挂钩扶贫的昭阳区布嘎乡，有幸见到花鹿坪新机场的选址，它就和鲁甸相邻，下了飞机，前往昭阳和鲁甸的路程相差不多。若鲁甸变成了集旅游、休闲、养生为一体，且是昭阳中心城市的后花园，几乎所有来客的首选，均倾向于鲁甸。在我的印象中，20世纪八九十年代，鲁甸县城真是不敢恭维，那种脏乱差真有点触目惊心，且不说十字路口那里竟然有坟墓，猪、牛、羊、狗等家畜遍街乱跑、乱屙，让人一看，最多就算是一个大一点的农村集镇，和四川相比，连集镇都不如。2016年6月，我因写扶贫攻坚的长篇报告文学，去了鲁甸采访，刚到任的县委书记和县长，配合“四城同创”，加大了鲁甸县城环境的整治，动员之广泛，行动之迅速，措施之有力，让人瞠目结舌，我欲找县文联主席，不是在办公室，而是在他们机关包保的街道上找到的。我想请他为我当向导，但他却不敢擅自离岗，需向县委、县政府请假，我便觉得鲁甸大有希望。不管大小领导，大凡有了敬畏之心，对自己所负责的工作，就会兢兢业业，不敢有任何的懈怠而敷衍了事，更不敢软拖硬磨，把工作当成儿戏。时隔半年，我又去了鲁甸，各机关的领导不在单位的包保区域值班了，但整城的环境卫生、交通秩序和人的精神面貌，均发生了质的飞跃。街道的整洁、卫生和有序，简直和昭阳中心城市不分伯仲，或许还会好一点，人行道上就没有横冲直撞的摩托，也没有随地吐痰和乱丢垃圾的现象。那天，在前往龙头山和城镇交界的地方，我下了车，有意到人行道上走走，地砖似乎刚刚被水洗过，清清爽爽。列宁曾经说过一句话：无政府主义是对机会主义的一种反抗。以前，很多时候有令不止，其根本原因就是不少的领导，只说不做，相反还说老百姓觉悟太低，素质太差，性格彪悍，听不进人话。现在，领导一旦真正把人民放在心上，全心全意为人民大众做自己该做的事情，坚持以人民为中心，坚持人民至上，坚持人民情怀，坚持人民立场，坚持人民主体地位，老百姓就由衷地支持你。昭阳中心城市，和不少县城面貌发生想象不到的变化，正是有力的佐证。

其次，公共服务一体化，并且能向更高档次发展。我的理解就是政府便捷、高效、方便、满意的便民服务体系和平台；优质的教育和优良的医疗卫生服务体系；四通八达的交通；能覆盖全球的通讯和网络；服务周到的餐饮、宾馆等等，并且和昭阳中心城市联成一体。只有这样鲁甸方可在第三产业和房地产方面有着长足的发展，从而辐射、带动乡镇的崛起。

再次，产业布局的一体化，它包括工矿建筑，具有高原特色的种植、养殖。在这个问题上，我们昭通人既闯出了新的天地，积累不少的经验，也有惨痛的教训，让人不堪回首，颇值得我深思。噜咪啦薯片就是一个较为成功的产业，它刚刚起步时，无非就是一个小作坊似的洋芋片加工销售店，现今发展到产值超3亿元，年处理洋芋5万吨的现代企业，并声名远播，成为鲁甸具有高原特色农产品加工的龙头企业。县委、县政府正计划挖掘潜力，将其发展为年处理洋芋10万吨，产值超6亿元的现代加工业。用以促进种植产业的发展，所以，拟定薯片的加工园区从200亩扩大为2260亩，将超过现有规模的10倍以上。以此为引擎，带动高原特色农产品的发展，成为鲁甸农产品的终端加工基地。为实现这个目标，鲁甸加大了基础设施的建设，不仅成为鲁甸自己的农产品终端加工基地，而且努力成为全市的加工基地，工人欲达到一万人以上。这是一个宏伟，却可以实现的目标，但必须加强基础设施的配套建设，这才能做到筑巢引凤的效果，否则仍是一句空话。

贵州的毕节市，是我们山水相依的邻居，以前在昭通人的眼里，就是一个比我们还贫穷落后的地方。20世纪90年代，我去镇雄，特别绕道去了毕节，所见所闻，便让我有些瞠目结舌，别人已开始借改革开放的春风，展翅扶摇直上九万里，他们的第一步就是恢复生态建设，因而有了上百里的野生杜鹃花，我驱车驰行在姹紫嫣红、翠绿欲滴的花海里，给我的感觉就是震撼；第二步就是加强基础设施的建设，因我是匆匆的过客，其他的基础设施没有做详细、深入的考察，但是交通突飞猛进的建设发展，是我感受至深的。到了毕节城里，看到的更是他们开始了城镇化的规划发展，宽畅有序的大街，鳞次栉比的建筑，真让我羡慕，从而生出一些莫名的嫉妒。而那时我们的昭阳中心城市，还在东修修、西修修，表现出来的，完全是长官意志。

2015 年，前往贵州旅游的人，超过 3000 万人，得力于县县通了高速和朴实无华而又让人心旷神怡的乡村旅游。当云南的旅游每况愈下，遭到重创的时候，而贵州仍是游客趋之若鹜、方兴未艾，颇值得我们玩味深思……

更让我惊叹的是，几个朋友告诉我，毕节 2016 年的工农业和其他产业的总产值突破了 1700 亿元，而昭通还不到 800 亿元，就是比较发达的曲靖市，也就是 1400 亿元左右。对此，我百思不得其解，最近昭通报社的记者，特别去了一次毕节采访，回来写了一篇调查报告，我认真看了，才觉得我们和他们的差距在哪里？记者归纳了“村村有项目，大项目带动大发展；政策具体，政府支持力度大；空降第一书记，操盘脱贫攻坚；政府帮企业，企业绑定贫困户”等方面就是值得我们学习的地方。记者去了赫章县结构乡毛姑村，看食用菌的种植基地，它有 170 亩，却是云南农业大学教授沈承桎和国家菌种中心云南分中心主任任齐庆，以及云南某食品公司董事长包永平，扶持建立起来的，还从云南拉了十多吨菌种去到赫章，它便可发展 170 多亩食用菌种植，这使人感到特别的奇怪。

赫章沙坝岭有个冷水养鱼的专业合作社，有水面超过 60 亩的养鱼塘，今年已养殖了白鳞鱼、白条鱼和中华鲟 180 万尾。而这个水产养殖场是由镇雄县的客商游定宽建设的。

毛永平还投资建设了规模达 10 万羽的绿壳蛋鸡的养殖场和一个养牛场。

为什么云南的教授、专家和有钱投资的老板都跑到贵州的赫章等地了，就因为那里的扶持政策具体、看得见摸得着，政府支持的力度大，做到了对号入座。其政策包括土地、基础设施、生产设施、财政、金融、税收和科技等等的政策支持，且不大话、空话连天，十分具体、吹糠见米。从而体现了政府的诚信和扶持力度，有这样的梧桐树，何愁引不来金凤凰。

毛泽东主席曾说过一句十分经典的话：方针政策确定之后，干部就是决定的因素。即是说，之所以需要各级领导干部，其根本就是通过他们坚定不移地贯彻执行党的路线、方针、政策、始终和党中央保持一致。可见其重要性，所以敢于担当、负责，又干净的领导干部，他会给一方民众带来福祉。正因为如此，毕节在干部问题上，采取空降第一书记的做法，操盘扶贫攻坚和发展产业。这并不新鲜，我们昭通也尝试过，但效果不佳，成了聋子的耳朵——配像，故没有发挥其第一书记的作用。而毕节的第一书记，在职权上是全面主持党委工作，原来的党委书记配合工作。其实道理很简单，若原来的党委书记就很能结合当地的实际，坚定地贯彻执行党的路线、方针和政策，认真落实上级党委的安排、部署，就没有空降第一书记的必要。之所以空降第一书记，就表明原有的书记存在着能耐、思维、远见、魄力等等某些不足，有待提高。故空降第一书记，有利于把发达地区的先进思想、先进理念带到相对封闭的地方去，同时还有利于和上级主管部门的沟通和协调。

第三章

那天，我在读《昭通日报》时，有一段新任市委书记杨亚林到某县某乡镇调研时说的话，他说：扶贫攻坚不是让房子脱贫，而是让贫困的人脱贫。这句话揭示了精准扶贫的本质，而最为关键的问题就是产业，贫困户要通过自己发展产业极为困难，他们第一缺乏资金；第二缺乏胆识，第三缺乏技术和抗拒风险的能力。政府所要做的事情就是引导、帮助他们成立各种各样的专业合作社，这样才能抱团发展。同时帮助他们招商引资，打造龙头企业，带动贫困户在产业发展中接受新的理念，学到相应的技术，练硬展翅腾飞的翅膀。

我听夏文勇和马洪旗的介绍，觉得他俩的思路极好，只有搭建好县域这个产业发展的平台，方可拉动全县乡镇，特别是灾后重建乡镇的产业发展。这里，我还真心希望他们组织县乡两级的精英团队，不妨到毕节考察一番，他山之石亦可攻已之玉矣！若能这样，鲁甸必可如虎添翼，使自己的农产品加工业实现规模化、产业化和商业化。

昭鲁的回族善养黄牛，这是无可争议的客观事实。以前没有什么机械，耕田耙地都靠牛，牛故而成了农耕文明须臾不可缺少的强有力帮手，农家养牛，不用它来作为食物，而是耕田耙地，所以称之为耕牛。时间久了，耕牛必然丧失劳动力，垂垂老朽了，昭鲁的回族同胞却能将这些老朽而弃之不用的牛，养成腰圆膘肥的肉牛，屠宰后，其肉色呈深红，表明它富含血红素，这是牛长期辛勤劳动的结果。因而使得它的肌肉结构紧密，极富弹性且少水分，昭通人便说它干生生的，落地不沾灰。这样的牛肉，不管你烹饪成什么佳肴，都奇香无比，吃过昭通牛肉的人，便会觉得天下无牛肉矣，这便是昭鲁回族同胞善养牛的结果。随着社会经济的发展，牛不再是耕牛，而绝大多数变成了肉牛，从而促进了交易市场的发展，鲁甸桃源毫无愧色成了滇东北黄牛的集散地。

那天，我曾去了一趟桃源，主要是去看看他们正在修建的一个水体公园，用以打造乡村旅游。恰逢赶场，集镇上人山人海，摩肩擦背热闹非凡，无意之中，便领略了黄牛交易市场的繁华气势和别样的风采，使我的内心受到震撼，于是便情不自禁融入其中。市场的形成，谁也没有想到，竟然在一块偌大的空地上，滚雪球那般地越滚越大。每场投入交易的黄牛少则两三千头，多则可达到四五千头，人头攒动，足有五六千人，他们来自会泽、威宁和昭通的不少区县，甚至还有四川来的所谓牛贩子。整个市场上，南腔北调，讨价还价的声音此起彼落，让人心旌摇动。他们都说着彼此都知道的专业俗语，摸摸牛背，再看看毛色，唇枪舌剑，充满了生意场中的技巧和智慧。这里三天一场，一月十场，全年120场，每次集市，成交的黄牛头数均在1000头到1500头之间，年成交量接近15万头，若以每头牛的成交价以5000元左右计，每场集市的成交金额就在500万元到750万元。其实黄牛的价格，远不如此，若是膘肥体重且是当地的土黄牛，或者处于能生育期的母牛，价格都在一万上下，若以此计，每场集市的资金交易额就能突破一千万元。别看集市上大多是普普通通的农民，没有西装革履、戴着墨镜和硕大金戒指，说话大口大气的所谓阔佬，但他们不少的人是口袋里装着的人民币有几万，甚至几十万的闷头财主。全年120场集市算下来，交易的黄牛十多万头，来往资金多达10亿元到12亿元，多么让人期待的数字啊！

鲁甸桃源正因为有这个自然形成的黄牛市场，从而带动了周围老百姓家庭小产业的发展。仅是各家各户的特色小吃、茶水、餐饮、水果和饲料，就能让上百户农家有了固定且不错的收入。而且，代人养牛的业务也应运而生了。不少的牛客来自会泽、昭阳和威宁，他们不管买卖，到散场时，买到手的牛，或者没有卖出去的牛，都无法回到家了，只得寄养在附近村民的牛圈里。这些代养牛的农户，便有了收入，若牛圈宽畅，认真负责，待人又好的农户，寄养的黄牛数量就多，收入也必然不菲，最终便形成了产业链上的一环。有市场，就有需求，必然促进了养殖产业的发展，昭鲁坝子的回族同胞，便有了施展才华和本事的平台。市场决定产业，产业适应市场，这便是农业供给侧改革的具体内容。而这个发展的必然趋势被鲁甸县委和县政府紧紧地抓住了，他们看到了两个产业的发展契机；一个是黄牛养殖，另一个是昭龙经济带，以城市为核心的冷链物流。特别是养殖，可以促进和带动灾区的黄牛养殖产业的发展，让灾民稳定地过上幸福、美满的生活。第二个是以屠宰、冷冻加物流的发展，昭通黄牛品质极好，声誉远播，经过冷冻，可以远销国内的大中城市。大关上高桥丁琦的袋装五香和麻辣牛肉就远销中东的迪拜等地，颇受热捧，只是产业的规模不大。鲁甸一旦将自己的创意、规划付诸实践，前景就不可限量。他们的第一步，就是由政府引导、扶持，把全县碎片式的农产品集中起来，拟在桃源建立一个黄牛交易和牛肉食品加工中心，并成为龙头企业，在保证每场街子交易稳定在1000—1500头的前提下，争取打破三天一场集市的传统俗成，做到每天都可以交易。为方便黄牛的交易，这个中心还将建设若干代养的牛圈。现在，鲁甸已流转土地8万亩，还很想成立若干专业合作社，用于促进产业的发展，但遗憾且有些苦恼的事情，就是难找有头脑、有本事，而又愿意带领群众发家致富的带头人，故仍停留在计划中。当然，此事也不能操之过急、一蹴而就，否则会好心办坏事，贻害到无辜的老百姓。

鲁甸县委、县政府梦寐以求的就是：结合自己的实际，高标准发展现代农业产业区，实现城乡村镇一体化，园林山水一幅画，结合灾后重建和美丽乡村建设，坚持山、水、路、镇、产业的统一规划，用现代农业发展理念指导农业产业；用现代农业科技提升农业产业；用观光旅游拓展农业产业；用现代园林设施支持农业产业；用产业化模式经营农业产业。力争用三五年时间，把鲁甸坝子建成山清水秀，到处花果飘香，乡村风情浓郁，现代农业高效，集生态效益、社会效益、经济效益、景观效益于一体的鲁甸休闲、观光的现代农业产业园区，从而建设美丽中国，实现美丽鲁甸的中国梦。我们谈到这里，县委书记夏文勇用无限神往和憧憬的口气对我说道：这一天，并不漫长，更不遥远，它正一步步向我们走来。到那时，我们就能把田园变公园，民房变客房，产品变商品，农民变股民……

事实上，一些乡镇的村社和易地安置灾民的集中点，已集中喂养家畜，把耕地变成了饲料地，苞谷即将成熟时，就收割起来，制成发酵的饲料，一亩地可供一头黄牛吃10个月，可增加收入5000元左右。

到我前往鲁甸采访那天为止，鲁甸已栽植了花椒24万亩，万亩以上连片的就有好几个乡镇，从而实现了习近平总书记“小小花椒树，致富大产业”的嘱托。全县栽植了核桃86万亩，火德红连片栽植了2万多亩，从而形成了连绵20公里的核桃景观大道，让人激动不已，赞叹有加……

鲁甸有400平方公里是渔洞水库的径流区，它的生态好坏，关系着昭通中心城市和昭鲁坝子近百万人的饮水安全，同时还关系到昭鲁坝子几十万亩肥田沃地的灌溉。所以，县委、县政府加快了退耕还林、退耕还湿的推进步伐，从而为昭通的可持续发展，创造了必不可少的根本条件。我曾经激情飞扬地写道：

……沿昭鲁大道旁，应采取宜果则果，宜花则花，宜点种庄稼、栽种蔬菜，则顺其自然。其实，成片的稻田，也是一道十分抢眼的风景线，春末夏初，秧苗返青了，昭鲁坝子犹如铺了一块毛茸茸的碧毯。若站在卢氏家祠的小松山上，或九龙山和凤凰山上，极目远眺，一望无垠的织锦，带给人们的是心旷神怡。到了盛夏，正是稻子拔节、扬花抽穗的季节，特别是清晨，在灿烂的阳光下，霞蒸雾绕、变幻莫测，配上点缀其中、忽隐忽现的中西合璧的别墅，犹如海市蜃楼，更是蓬莱仙岛。各级党委、政府通过各种形式，培训沿道的农户，改变固有的陈规陋习、生活方式，学会接人待物和相关经营的技艺，提高文明素质，乡村旅游必成为昭鲁坝子不可遏制的发展趋势，最终成为昭鲁坝子脱贫致富的支柱产业。这种设想，不是镜中花、水中月，只要我们坚韧不拔地努力下去，梦想并不遥远。

到时，再把渔洞水库清凌凌的水引来，让它穿城而过，昭鲁坝子必成花木扶疏、争相斗艳、姹紫嫣红、风动鸟鸣的生态大花园。加之夏无酷暑，冬无严寒，如此优美、温馨、

> 适宜生态旅游和颐养天年的环境，肯定会吸引众多向往世外桃源的人到这里小住和定居。因为昭阳中心城市在西南适中的位置上，且环境幽静养人，是每个人趋之若鹜的最佳选择，所以人口必然增加。这是一个不以人们意志为转移的客观规律，世界和中国已有了不少这样的城市。

我们得感谢鲁甸县委、县政府，为保护我们共同的生命之源，费尽了移山心力……

鲁甸县委、县政府如何死死地抓住自己颇有高原特色的产业发展自己，思路是十分清晰的，措施也是强有力的，必然带动和促进了灾区的产业定位和发展。从而实现了恢复重建与区域扶贫攻坚，产业升级转型和城乡统筹建设相结合，从产业发展、文脉挖掘、历史传承和民族融合，还原灾区的青山绿水等四条主线，谋划长远的发展。

省委书记陈豪认为：鲁甸灾区的恢复重建已如期完成。但由于灾区发展空间比较小，特别是山区，连较大一点的平地都很难找到，目前的出路还是要让劳动力转移。现在我们也正着重加强劳动力的技能培训，据不完全统计，2016 年鲁甸外出打工的人数在 13 万人左右，汇回的打工收入除去自己的消费外，接近 15 亿元，这仍是一个有效的措施，我们的劳动力富余，还是要多走出去。目的是让他们学到了技艺、增长了见识、扩宽了眼界后，再回到自己的家乡，到那时，便可如虎添翼了。

新华社记者指出：昭通市在布局产业带的同时，加大对群众实用技术、致富技能和劳务输出的培训，近两年来，累计培训超过 4 万人。

同时还培养了农村经纪人175名，扶持建立了28个专业大户和家庭农场，鼓励支持企业和种养大户流转土地，用以发展规模化经营，推动传统农业由单一生产功能向更新、更广的领域拓展，实现第一、二、三产业融合发展，延伸产业链，提高价值链。

灾区正朝这个方向努力。龙头山现已栽植花椒6.5万亩，连片的有1万亩，若每亩可收入3500元计，仅花椒便可收入2亿元左右。花椒全身是宝，龙头山镇正摸索种植花椒菌，就是利用修剪而弃之不用的枝条，种植人工食用菌。他们对我说，生长在花椒枝条上的人工菌，不仅味道清香、鲜美，还可开胃除湿。种植花椒菌，已有人在搞，且技术较为成熟，他们正准备派人去学习菌种的培育和种植。花椒种植是龙头山的一个支柱产业，以后再将弃之不用的枝条变成花椒菌，就延长了产业链和产业的价值链。

其实，还可用修剪下来的枝条烟熏火腿和腊肉，这样的结果，再可以利用修剪下来的枝条，不仅变废为宝，而且提高龙头山火腿和腊肉的品质，使之成为龙头山的名特产品，从而促进养殖业、旅游业和餐饮业的发展。旅游的本质，就是享受文化，没有独特文化的支撑，龙头山特色小镇的旅游不会走得太远的，更不能持续发展。

花椒还有一宝，在昭通人的眼里，更是不能忽视的，它便是花椒尖。仲春季节，花椒树可以采摘嫩尖了，城里的大街小巷，便能见到年长的老人，提着满箩嫩悠悠且清香扑鼻的花椒尖沿街出卖。这种挥之不弃的记忆，既是难以忘怀的乡愁，又满足昭通老百姓馋涎欲滴的喜好。花椒尖可以用来炒成花椒酱，还可用来蒸火腿和腊肉，简直奇香无比，奇妙无穷。颇有经营头脑和战略眼光的“金象饭店”老板赵泽云，他就独具慧眼，看到了花椒尖酱的商机。于是自己动手做了地道的昭通酱，并加工成花椒尖酱，此商品一经面世，便卖得十分火爆，供不应求。凡在昆明或其他地方工作、定居的昭通人，回到家乡省亲，其他事情可以忘掉，到“金象”买几瓶花椒尖酱自己享受或送亲朋好友，却盯心盯肝，不能忘怀，作为一件赏心悦目的事情。赵泽云歪打正着，旺季时，他每天的销售金额，可保持在1万多元，好的时候，可突破3万元，年销售额接近500万元，俨然成了一个产业。就是我的亲朋好友，或者有外地工作的学生来家里探访，往往会让他们带点天麻回去，但却遭到拒绝，都说天麻随处都可以买到，就不让我破费了。但说到金象的花椒尖酱，便都喜形于色地慨然答应了，他们说，价廉物美，把花椒尖酱抹在饵饮或者馒头上，那种惬意，那种痛快，溢于言表……

于是，我便和龙头山、火德红的领导说，能不能把花椒尖酱，作为一个产业来开发，并且形成一个较有特色，又能持续发展的产业。仅在这两个灾区，花椒的栽植面积就超过了10万亩，可谓有取之不尽，用之不竭的资源。更让我满怀信心，显得特别激动的是，采摘花椒尖，并加工成花椒尖酱，是不太费力的手头话计，老人、娃娃均可以做，而恰恰气饱力壮的年轻人不适宜这种手头活计。更为重要的是，这些农村女性老人，更是制作地道昭通酱的行家里手，她们居家过日子，几乎做了大半辈子的酱，在潜移默化、心手相传的过程中，积淀了太多的历史文化，昭通酱本身就是非物质文化遗产，值得我们传承和颂扬。我就建议他们，在政府的主导下，可以建立专业合作社，但制作生产可以分程序放到各家各户去。诸如成品酱，可以定出各种规范的标准后，分散到各家各户去做，由合作社按质统一收购；花椒尖的采摘，更是由每家每户去做，按质收购，由合作社按统一的标准，生产成市场所需要的商品。不仅能满足昭通市场的需要，还可远销四川、重庆或其他的地方，我曾粗略地计算了一下，只要人勤快点，就是仅仅采摘花椒尖出卖，其收入也是很可观的，“金象”的收购价就是7—10元一市斤，且越多越好。“金象”一般只有175克的素酱卖35元一瓶，炒成花椒的酱就是55元。采摘花椒尖，是件十分琐碎的事情，需要耐心，春天，正是花椒树剪枝打叶的时候，也是采摘花椒尖的时候，既可废物利用，又不影响花椒的收成。仅仅是龙头山和火德红两个镇，花椒的栽植面积就超过10万亩，它将有多少被剪掉的枝条，又能采摘多少花椒尖，小数不可细算，该为农户增加多少收入啊。若再加上花椒菌的种植和烟熏火腿和腊肉的利用，花椒其全身的宝都得到充分的发掘和利用。但这件事能否成为现实，关键的问题是需党委的策划、引导和政府的组织实施，方可让小小花椒树，致富大产业得以实现，而这些事情又恰恰是基层党委和政府该认真研究、思考，认真践行的。

除了这个视而不见且觉得不起眼的产业外，还有一个可让一部分贫困农户脱贫的产业，在龙头山和火德红还没有人过问，即是学生的营养餐，该如何与贫困农户的脱贫致富结合起来。

2016年，我因创作精准扶贫的长篇报告文学，需到农村采访，也是在鲁甸，我去了一所学校，看了国家为学生免费提供的营养餐，受到了启发。回到城里，便给时任市委书记的范华平和市长郭大进两位领导，写了一封信，其内容就是鲁甸新街的转山包村和母猪漆村，通过土地流转，在当地修了30万千瓦的光伏电站和50亩的现代农业示范区。以及500多亩的蓝莓生产基地，让流转了土地的村民，既可收入土地租金，又可到企业打工，从而有了稳定而可喜的收入，让贫困农户基本脱贫了。但在昭通广袤的农村，能有此机遇的地方不多，不少的农户仍为何以为继的问题愁眉苦脸，找不到解脱的办法。于是我便想到农村学校营养餐应以贫困农户相结合的路子，故在信中写道：

若学校能与农村合作社加农户联姻，并形成定单农业、养殖业的模式，就可让成千上万的昭通贫困农户有了稳定的收入而脱贫。而成就此事的关键，全仗各级党委、政府的主导和引领，否则便是一句空话。

全市有中小学生110多万人，其中享受每月80元营养餐的学生是70多万，若是住校的学生，每月则是140元。每年按10个月计，总数将接近7亿元。昭通学院现有近万人的规模，虽全是自费，但一天三餐都不可缺少，若按每人每天三餐的费用，平均为15元，一年便高达近5000万元。而所有公办学校的食堂建筑、炊具配备和厨师薪酬，包括管理人员的薪酬，均由国家全部承担。所以，大中小学校的食堂，其性质只能体现福利和服务，切忌赚钱，故学生的伙食费，每一分钱都必须用在学生头上。否则就是违法乱纪，必须受到党纪、政纪，甚至法律的制裁。而学生食堂均以粮食、蔬菜和肉禽为主，这些食材均来自农村，一旦学校与农村合作社加农户联姻，它将使多少农户有了固定的收入而脱贫，是件有百益而无一害的大好事情。

首先，学校与农村合作社加农户联姻，它必然形成定单农业、养殖业，可使定单农、养形成专业化、产业化和规范化。更为重要的是因为减少了中间环节，使得学生食堂的肉禽、菜蔬供应便捷，且价格低廉，而又特别安全，父母不会对自己的儿女下毒手。

其次，可以减少，甚至杜绝腐败。市实验中学的原校长和不少县乡学校的领导，甚至教育主管部门的个别领导，走上犯罪不归之路，就是在学生伙食上跌跤的。对学生下手来得快，又不容易发现，在学生的心目中，老师都是正人君子，为他们所尊敬、崇拜。故不少的学校就把食堂承包给亲戚、朋友，或许所有食材均由特定的人提供，为贪腐创造了条件，故买猪肉200斤，开具的发票却是250斤，这些人钱来得十分容易，又不容易被发现。

最后，学校的肉禽和菜蔬，直接对农村合作社加农户，减少了不少的中间环节，得利的是农民和学生。这样的结果，不仅让农户有了稳定的收入而脱贫，更让农户在定单农业、养殖业中学到知识、提高素质。

华平、大进二位领导，此举会触及某些人的既得利益，在今后的具体运作中会有干扰和阻力。但各级党委、政府一经认可，并加以牵线搭桥、组织引导，必水到渠成矣。

两位领导看到信后，很快就做出批示，认为这是一个很好的建议，希望有关领导研究。于是主管文化教育的副市长杨桂红、主管农业的副市长苏建宏、农业局长王翼、教育局长丁开路除了积极回应后，开始了这方面的工作。去年底，我的长篇报告文学完稿并送出版社审核出版时，几位领导都对我说，全市已建立了750个专业合作社，开始了行动，我尤感欣慰。鲁甸龙头山和火德红两个镇，接近9万人，有中小学学生15000人左右，国家对中小学生的营养餐补助，可达到1500万元到1800万元。若有一半的钱用于蔬菜和肉禽方面的消费，也有八九百万元，若有2500户到3000户贫困农户在这件事情上受益，每户每年都能通过种养得到2500元到3000元的收益，可以说雪中送炭，而这些事情，他们驾轻就熟，如鱼得水，更为重要的是收入稳定。

在龙头山集中安置点，特别让人焦虑的是甘家寨的89户人家，他们完全失去了家园和土地，来到安置点，居住的房子很好了，除了外出打工外，没有任何事可做。甘永彬是甘家寨集中安置点的灾民，原来他有近10亩花椒，每年仅卖花椒的收入都在4万元上下。现在集中安置居住，房子好了，但没有什么产业，只得将多余的房间用来开了一个小旅店。但是，所谓旅游没有形成，游客就少，几乎没有留下来居住的人，所以生意极为清淡。那天我去时，他家的对面，正在装修一个档次更高、格调雅致的旅馆，今后如何经营、生意好否，谁也不知道。而甘家寨的灾民，在修建新居时，尽管有国家补助和慈善机构的捐赠，合计达到8.5万元，但仍需贷款，他们现在的处境既没有稳定收入，又需赔还贷款，故压力很大。我便建议李善云由镇上出面，在附近帮助甘家寨的灾民，从有土地而又没有耕种的农户流转一些闲置土地，和学校的营养餐联姻，专门从事种养殖，以解燃眉之急。同时还可以此为契机，形成产业。李善云十分乐意地接受了我的建议，但愿他能把此件事情做实做牢，让不少的人家各得其所。

龙头山还栽植了核桃10多万亩，板栗1000多亩，养殖椒林鸡20多万只，它无疑为产业的发展，为灾民的脱贫致富，奠定了坚实的产业基础。

在恢复重建期内，由昭通组织实施的重建工程有四大类，1190个具体重建项目，预算总投资134.89亿元，其中中央包干资金114.30亿元，省级专项补助资金8.47亿元。截至2017年初，昭通到位资金104.12亿元，省级到位的资金5.93亿元，两项叠加起来，尚有12.12亿元未到位。在抗震救灾的过程中。昭通曾余下应急资金19.6246亿元，于是便将结余资金顺理成章地转为了重建资金。但在临时安置灾民的过程中，这笔余下的资金，几乎全部用于灾民过渡时期的生活补贴、医疗救助、温暖过冬的物资采购，灾区道路的应急保通及民房恢复重建的配套基建，一旦抵扣恢复重建的项目便出现了缺口。所以，造成了有些项目开工滞后，进行中的项目也出现进度缓慢的情况，所以，直到现在，这些重建项目还没有完全竣工，按期完工的压力较大。市县正竭尽全力多方协调，期盼上级部门解决资金短缺的问题。就是部分建成和在建的项目，也存在土地、规划和施工许可证未及时补办等程序不完全的情况，必花相当的时间、精力来完善这些未尽的事情。到现在为止，除民房外，重建期内的项目已竣工993项，但其中仍有836个项目未完成验收，仍任重道远，不可懈怠，需加倍努力。

就在这样紧要而关键的时刻，新任市委书记杨亚林，在经过认真、细致的调查研究后，于2017年5月13日，在鲁甸主持召开了灾后恢复重建的专题会议。研究解决工作推进中存在的困难和问题，确保按时、按质、按量完成恢复重建任务。其关键要紧扣目标，聚焦问题、善作善成，确保圆满完成恢复重建的任务。

杨亚林肯定近两年来，经过鲁甸、巧家和市各级有关部门的共同努力，灾后恢复重建的各项工作取得了让人振奋的进展和成绩，但仍有不少的工作需要继续努力，方可向党和人民交出一份满意的答卷。所以，在下一步工作中，各级和各相关部门更需高度重视，围绕省政府已经批复的项目，进一步优化方案，对标对表，逐项分析，清单化管理，全面抓好落实。

同时，紧扣2017年底全面完成恢复重建任务，“8·03”祭三周年等几个重要的时间节点的目标要求，进一步扎实精准梳理问题，并针对存在的问题，分析原因，及时提出针对性的工作措施和工作要求，聚焦问题抓整改，促推进、促落实，确保善始善终，善作善成。圆满完成恢复重建任务。与此同时，要进一步加强领导，强化督促指导。解决好资金、项目验收及在建工程推进等问题，有效推进恢复重建的工作，不达目的，誓不罢休。

杨亚林还特别强调、特别要求，要全面总结、全体动员，做好收尾工作的总冲刺，务必攻坚拔寨，决胜年底的收尾和完善项目的战役。要以敢于担当、敢于负责的魄力，再聚焦存在的主要问题，再核实并再明确责任主体，抓紧落实，切实做好做实各项工作。

最近，将召开指挥部会议，有关部门务必筹备好，对最后的冲刺进行战前再动员，并立下“军令状”，对各项工作再提出更加明确的要求，为按时完成目标任务奠定坚实的基础。

更为重要的是，要按原则办事，积极筹措资金；深入细致地做好群众的思想引导工作，确保最后的冲刺，战果辉煌，胜利完成恢复重建光荣而艰苦的任务，向党中央、国务院、省委、省政府和全市人民交上一份满意的答卷。

这次会议，杨亚林代表市委、市政府再次擂响了夺取灾后重建全面而彻底胜利的鼙鼓！

第四章

“8·03”6.5级地震，是滇东北40年以来，一次损坏性较大的地震，鲁甸除龙头山、火德红遭受重创外，巧家县的包谷垴、老店、新店和小河四个乡镇，也是一片废墟，其状惨不忍睹。据统计，地震造成巧家县死亡78人，失踪3人，受伤481人，受灾人数高达4.13万人，紧急转移安置6.64万人，造成16790户房屋倒塌或严重受损，使得67655人无家可归；一般损坏的76805户299522人，也无法在原住宅居住。公路、水利、输电线路、通信基站、市政设施遭受到不同程度的损毁。140所学校，9.29万平方米医疗卫生业务用房，86个村级的活动场所，103个村（居）委会办公楼，县委、县政府和部分乡镇党政机关、事业单位的办公楼也不同程度地遭受损坏。地震造成全县经济损失180.9亿元，其中直接经济损失高达137.4亿元。

地震后，在《云南鲁甸地震灾害评估报告》中，将灾区划分为极重灾区、重灾区和一般灾区。而对灾害范围类别的评估结果是：巧家县规划范围包括极重灾区为包谷垴乡、新店镇、小河镇和老店镇；重灾区则有白鹤滩镇、药山镇、大寨镇、崇溪镇、东坪镇、红山乡、炉房乡、茂租镇、蒙姑镇和中寨乡等12个乡镇。

包谷垴乡是巧家进入鲁甸、昭通的最后一站，素有巧家“东大门”之称。乡境内最高海拔2840米，最低则为860米，相差近2000米，故峰峦叠嶂，雄奇险峻。其中乡政府所在地的海拔为1800米左右。集镇建在山高坡陡的地方，发展空间极为有限，街道极为狭窄，若遇赶集天，人流如织，十分拥挤。所以，灾后重建的项目，大部分只能选择在乡镇以外范围，经反复勘测、比对，最后以小营安置新区为主导，长埂子、威宁寨、周家坪和河边为次的集中安置点。这几块地方，从地形上看，整整高出包谷垴乡政府所在地200多米，故交通条件较差，晴天还好，阴雨天，行路便有些困难。

老店镇隔牛栏江与鲁甸相望，位于昭巧公路之沿线，交通条件较好，故是巧家东部的重要集镇。但老店镇内的地貌复杂多样、山高坡陡、沟深谷险，地势呈东低西高之态，海拔最低处只有930米，而最高则有3130米，足足相差2200米，从而形成十里不同天，一山分三季的特殊环境，生存条件较差。老店境内的灾后恢复重建分布广泛而零星，较为集中的则在集镇北部的二半山区和高寒山区，海拔均为2000米以上。重建条件并不佳，困难重重。

新店镇辖区内的地势更是复杂、多变，地处大药山南麓，让人感觉到，不到药山，不知什么是山的感觉，到处高不见顶峰、低不见涧底，是它的真实写照，海拔相差2500米左右。镇政府的所在地海拔1750米，因受种种因素的影响，它属典型的高寒山区。它包括牛角、白牛和火地等村寨，年平均气温仅有13.5摄氏度。而新店村、杉曲、坪地、新寨、青山、水井、木叶等村社又属二半山区，虽季节变化明显，但温度适宜，重建条件相对较好。碉楼、开基、谓姑则属于低二半山区和江边河谷地区，气候干燥、炎热，适宜修房盖屋。所以镇的集市所在地，恢复重建只能在原址上建筑，仍分布在半山腰，因而制约了集镇的拓展，而显得有些零散，必然给灾后重建带来一些困难。

小河镇位于牛栏江畔、药山脚下，小河镇境内山高谷深、沟壑纵横，最高海拔3950米，最低只有701米，相对高差3249米。真可谓危乎高哉，小河行路之难，难于上青天。从而决定了，几乎所有的灾后重建，只能在原址上建设，别无其他地方选择。针对上述4个灾害极重乡镇灾后重建的环境分析，因此，得出灾后重建的条件一般且偏困难；区域内公路等级低、路况差、海拔高、高差大、重建的民宅和其他公共设施的重建普遍分散、零星，从而决定了重建成本高。

其他十多个重灾区的重建，因巧家山峦逶迤磅礴，除了金塘、蒙姑、大寨、中寨几个乡镇的交通相对便利外，其他8个乡镇的重建条件均和极重灾区的相差无几。也是高差较大，路况一般，项目又普遍分散，重建成本必然就高，这便是巧家的现况和重重困难。

面对重重困难，在地震灾害中巍巍然挺立起来的巧家各级党委、政府和近60万勤劳、勇敢的巧家人民群众，不以事艰而畏缩，更不以重重困难而怨天尤人，却是用超凡的胆魄、坚韧不拔的意志和劳动创造世界的信念，开始了波澜壮阔的灾后恢复重建。他们坚持以人为本，尊重自然，统筹兼顾，立足当前，着眼长远的基本要求，发扬自力更生、艰苦奋斗精神，着力加快居民住房的灾后重建；着力加强学校、医院等公共设施的灾后重建；着力加强基础设施恢复重建；着力加强生态修复、环境保护和地质灾害防治；着力发展优势特色产业，建设安全宜居的美丽新家园。

2014年8月20日，中央政治局召开常务委员会议专题研究灾后恢复重建工作，做出了一系列重要指示。2015年新年伊始，习近平总书记带着对灾区群众的牵挂和关怀，亲临龙头山看望慰问受灾群众，为灾后恢复重建工作进一步指明了方向。省委原书记李纪恒，省委副书记、省长陈豪，省人大常务副主任杨应楠，市委书记范华平，市长郭大进多次深入巧家县灾区指导恢复重建工作。从那个时候开始，一张张恢复重建的蓝图正式绘就出来，让经历了地震劫难的灾区人民看到了希望，心头重新燃起了对美好生活的憧憬和神往。

很快，省、市批复了巧家恢复重建的总体规划实施方案；即6大工程75个项目，其中居民住房9个，涉及民房重建16789户67655人，修复加固76805户299522人；其他项目66个，涵盖基础设施、特色产业、地质灾害防治和生态环境建设等6个领域。恢复重建资金总概算71.3亿元，其中，中央财政专项基金43.8亿元，争取国家部委补助资金5.4亿元，省级专项财政资金2.8亿元，省级部门预算内整合资金7.4亿元，其余11.9亿元资金由市县财政专项资金、自筹资金、银行贷款、社会捐赠组成。

恢复重建后，第一件大事就是落实主要领导的职责。巧家便成立了由县委书记任指挥长，县长任第一副指挥长的灾后恢复重建指挥部，并在属下组建了5个片区指挥部和3个专门指挥部，先后召开了11次指挥长会议，7次指挥部会议和专题会议，落实了领导职责，从而保证了灾后重建工作的有力推进。

第二落实了包保责任。做到了县四套班子成员包保到乡镇，县直部门包村包组，干部职工包保到户，并且签订包保责任书。全县1886名干部职工包保到全县16790户受灾群众，全力抓好施工组织，确保了灾后恢复重建挂钩包保的全覆盖。

第三落实工作责任，并坚持问题导向。定期召开工作例会，收集恢复重建工作中的存在困难和问题，形成“问题清单”。从而交给相关县级领导和包保单位，明确责任，限时办理，使恢复重建中存在的困难和问题得到及时的研究、解决。

正因为如此，重建一旦开工，便进展顺利。县委、县政府更是早谋划、早部署、早协调，采取增开临时采砂场，补贴运费，从外地调运，推广免烧砖和新型材料等方式加大建材的调运力度。协调有关企业在灾区设置钢材销售点59个，进驻销售单位14个，设置砂石料场57个，设置砖生产点73个，设置水泥销售点47个，有效保障了重建灾民能就近且价格合理地购买到所需建材。同时，巧家县还派出有关人员，坚决查处打击制售假劣建材的违法行为，严把建材质量关，确保灾民重建的民居安全、美观、实用。同时，巧家县还采取临时价格的干预措施，严厉查处违法的涨价行为，确保了各类建材的价格稳定，杜绝了不法商人落井下石的恶劣行为，让灾民共享了实惠和公平。

巧家因受地形和环境的制约、影响，灾后重建几乎就布局在原址上，故显得分散而星星点点，大量集中安置，并统规统建的民宅不多。大多数民居则采取统规自建的形式，所以自建资金的筹措，成了灾民的一大难题。巧家在动员受灾群众自力更生、生产自救、亲邻互帮、投工投劳的基础上，积极协调市、县金融部门出台信贷的优惠政策，以解重建灾民的燃眉之急。恳求金融部门降低放贷门槛，采取5户联保方式，向9771户重建户发放了贷款2.90亿元；又及时向16790重建户，76805修复加固户兑现了补助资金9.43亿元，有效缓解了群众自筹资金的压力，使得重建和加固得以顺利进行。

以前，几乎所有的农村民居建设，由于受种种因素的制约，大多均采取传统的土法建筑。在昭通几乎所有的人家，就是按常规挖掘50厘米到1米不等的基础，用乱石加石灰砌了，便用墙板做模，就近取潮湿的泥土夯实为墙，待干燥坚固后，再用锄头抠出门框和配有牛肋一般窗棂的小窗子。稍微有点经济实力的农家，便会在出土的乱石基础上，砌上一两层条石，大多为一楼一底。房顶上，不少人家是用茅草当瓦，昭通老百姓称之为草房，少数人家却能用青瓦盖房，故在农村是让人眼馋且备受羡慕的瓦房。中华人民共和国成立前，有钱有势的地主所居住的房屋则是木框架的瓦房，装有木板，在村子里就算得上显赫。而在昭通贫穷的高寒山区，就是到了20世纪八九十年代，不少人家居住的还有杈杈房。就是用一定长度的杆杆搭成三角形，用荆条绑扎了，再铺上草，便谓之为杈杈房。1995年，时任总理的朱镕基去了昭阳区的宁边村，看到不少农家居住的就是这种杈杈房，难过得流下了眼泪，他不相信，中华人民共和国成立这么多年来，还有这样贫困的农村……龙头山地震，为什么垮了这么多的房子，死伤这么多的人，就是贫穷，几乎所有的农家，居住的房子都是土坯房，它是不能防震的。所以，在农村修房盖屋，不需什么专业技术，只要按传统的模式进行，权且能遮风挡雨的房子就建起来了。但这样的房子，不存在什么特别的结构，也不需要什么特殊的技能，需要的则是劳动力。现在，灾后恢复重建的全是清一色的别墅式、钢筋水泥的小洋房，它需要科学技术，所以工程技术人员就显得重要，须臾不可缺少，否则就不能保证重建的质量。为把好重建的技术关，巧家县建立健全县乡、村和包保单位共同负责，各司其职的技术服务体系。在保障抗震设防标准的前提下，尊重民风民俗，设计了6种户型的16个方案，搭建了7种房型的钢架房供群众选择和参考。为此，巧家县在省、市住建系统的专家、工程技术人员的支持、帮助下，对自建农户进行了专业培训，受训的人员超过600多人，同时，还不时地对这些受过培训的人员进行抽查和考核。更为重要的是，巧家还在有关部门抽调了30名专业技术人员，组成了技术服务组，在各乡镇和村社进行巡回指导，确保每个村有 2 至 3 名技术员抓好技术指导，切实把好质量关，做到了技术监督和指导不留死角。

“阳光是最好的防腐剂。”县委、县政府始终高度重视重建物资、资金的监管工作，纪检、监察、检察、财政、审计等部门互相联动，跟踪督查，开展并落实职务犯罪的教育，同时着力构建监督防范体系。做到了高效廉洁推进灾后重建，始终让灾后重建在阳光下进行，老百姓欢欣鼓舞，拍手称快。

2014 年 10 月底左右，巧家县拉开了灾后恢复重建和加固受损房屋的序幕，经过一年左右的努力，到 2015 年 10 月 15 日，全县 16790 户民房重建全部完成了主体工程建设，并搬迁入住了 16434 户，占 97.88%；76805 户民房的修复加固全部完成；10 个集中安置点主体工程建设完成。500 项优先实施的项目完成 446 项，并完成项目评审 390 项，下达批复 234 项，完成施工图纸的编制 390 项，开工建设 118 个，完工 78 个。

教育卫生、计生等公共服务项目也快速推进，47 所板房学校和 9 所板房医院拆除重建也全面完成；7 个村级活动场所示范点已有 4 个完工，并投入使用，而正在进行主体建设的有 3 个，73 个非示范点已有 4 个完工，其余的 69 个项目正在完善前期的准备工作。交通、水利、能源、通信等基础设施项目的前期工作扎实开展，项目的报批也有条不紊地进行。县乡集镇市政道路生态环保、灾害防治、特色产业等项更是按计划迅速推进。如今的几个极重灾区，一幢幢别墅小院在废墟上拔地而起，一个个美丽的山村在逶迤、磅礴的大山之中，成了一道道格外亮丽的风景线。

巧家县委、县政府始终坚持灾后恢复重建和扶贫开发相结合，“输血”和“造血”相结合，加快企业恢复和产业建设，大力发展特色农业、资源深加工业和文化旅游业，优化调整产业结构，提升产业发展水平，千方百计扩大就业，加快贫困群众脱贫致富，增强自我发展能力。这样的布局，为灾区的可持续发展奠定了坚实的基础，为灾民的脱贫致富，提供了有力的保障。

地震造成了不少的农田，畜禽圈舍、池塘、提灌站和机耕道不同程度的损毁，这些都是种植、养殖必不可缺少的基础条件，必须尽快恢复重建，否则发展涉农产业便是一句空话。在恢复受损农田的过程中，应该贯穿土地整治工程，推进高标准农田建设和中低产田的改造。四个极重灾害的乡镇，人均耕地只有0.86亩，不提高单位产量，就是养活一个人都成问题。若处于高寒地区和二半山区，一旦遇到各种自然灾害，就更无法保障人的基本生存。这是一个刻不容缓的基础工程，作为农民，通过辛勤的劳动而无法养活自己，真是一件不可思议的事情。

调整种植、养殖产业，必须根据自己的资源禀赋，不可想入非非。芒果、石榴、核桃是声名远播、享誉昭通内外的特色产品，特别是芒果，受到人们的青睐和热捧，颇具发展潜力，关键的问题是创建自己的品牌，才能抢占属于自己的市场。在养殖方面，肉牛、肉羊、生猪和淡水鱼的养殖，是巧家的一个优势，特别是黄膘羊让人神往、遐想、趋之若鹜。我曾有幸领略过黄膘羊肉的风采，它不仅肉质色泽特别，而且奇香无比，真有点吃了黄膘羊肉，天下无羊肉矣。所以，我就在反复思考一个问题，黄膘羊之所以珍稀，它在山羊群中，大约是万分之一，它的出现，究竟是什么原因。会不会是遗传基因的变异，还是它在山上吃到了什么灵芝仙草或许还有什么原因？现在科学技术日新月异、发展惊人，我们这方面的专家、教授，或者养殖山羊的行家里手，可以进行深入思致的研究，我相信能找出之所以成为黄膘羊的规律。一旦破解了它的奥秘，我们就能养殖、发展黄膘羊这个产业，加之巧家多高山峻岭，便为养殖山羊提供了得天独厚的条件。事实上，巧家农业产业的优势和效益的提升，近年来，有了长足的发展。它曾是全省冬马铃薯的基地县、全省草原生态保护补助奖励机制政策绩效评价的优秀县，还是全市冬季农业产业开发的先进县。尽管巧家人均只有0.8亩耕地，2014年，实现粮食总产25.09万吨，跻身为全国产粮大县，做到了人均有粮840斤。收购烟叶7.5万担，价值超过1亿元；新栽蚕桑1.8万亩，收购鲜茧1572吨，蚕农收入5652万元，新栽核桃7.8万亩，花椒2.1万亩。同时，它还是冬季蔬菜生产的基地，通过现代农业的产品集约化、设施化生产，巧家高原特色农业便有了独特的市场竞争力。现在，他们结合灾后重建，正在进行农业产业的调整和升级换代，从而展现了更加辉煌灿烂的前景。

要实现这个辉煌灿烂的前景，其关键就是脚踏实地地培育品牌市场，鼓励各类经营主体建设农产品物流设施装备和冷藏、保鲜等冷链设施，持续不懈地开展“三品一标”行动，即无公害农产品、绿色食品、有机农产品和农产品地理标志。其目的就是提高市场竞争力，从而拓展市场，促进产销，让灾后重建的农户，从中得到实惠，稳定收入，过上美满、幸福的生活。

欲实现这个目标，政府的各主管部门和服务部门，应主动加强农业技术的推广服务，产品质量的安全检测，动植物疫病的防控机制体系的管理与服务的基础设施，整合服务功能、创新服务手段、优化运行机制，提高农业综合服务。建立健全农业产业项目带动贫困户脱贫增收的利益联结机制，从而体现人民政府为人民服务的本质特征。为达此目的，巧家拟整治土地20000亩，用于农田建设和田间道路的建设，同时在老店、新店、包谷垴三个乡镇建设高标准农田40000万亩；重建东坪、新店、药山、老店、白鹤滩、小河、崇溪、马树、大寨、茂租、炉房、金塘、蒙姑、中寨等14个基层农业综合服务站8400平方米。

在生态恢复建设中，拟建设基本口粮田15000亩，重点保证退耕还林地区的基本口粮。同时，还拟建包谷垴乡烟草站1247平方米，新店镇烟草站450平方米，老店镇烟草站1000平方米，蒙姑镇烟草站2408平方米。

为保证高原特色产业的发展，在包谷垴、新店两个乡镇新植蚕桑3100亩，新建蚕房1261间，水窖30个。在包谷垴16个乡镇实施特色养殖示范工程的建议，扶持生猪、肉牛、肉羊、家禽养殖示范户2000户，并扶持他们种畜禽的购买、畜圈及基础畜的购置等等。同时还得在这些乡镇建设畜牧业产品深加工的示范区建设。最后在马树镇、老店镇新增种植蓝莓3000亩。

这些计划一旦在政府的主导和扶持下成为现实，可以肯定巧家高原特色农业产业的发展，必然有一个欣欣向荣、大鹏展翅、扶摇直上九万里的气势，我们翘首以盼，热烈地拥抱这一天！

巧家县委、县政府着力打造的另一个灾后重建的经济发展支柱，便是文化旅游产业。根据自己的资源实际，其定位就是合理利用民族乡村特色，开发一批有地域特色、民族特点，形式多样的旅游景点。

引导符合条件的农户利用农业和生活资源，发展农家乐和休闲农庄。挖掘旅游潜力，打造自然风光旅游带。加强自然和文化遗址、非物质文化遗产的保护利用，深入挖掘文化内涵，促进文化旅游融合发展。

巧家灾后重建的文化旅游项目，主要位于马树镇，包括重建和扩建马树镇的黑颈鹤生态湿地。每年冬季到第二年初春，从青藏高原迁徙而来的黑颈鹤总有300—500只，栖于湿地或草丛中，悠闲自由地享受着大自然的馈赠。从而引来不少的游客，欣赏它们贤淑、高雅的风姿，以及厮守终身、矢志不变的忠诚，一旦大限来时，雌雄黑颈鹤便会绞颈而死。故内蒙古的草原上，早在明末清初，就有文人雅士专门为它们塑了“鹤碑”，歌颂相濡以沫、同生共死的坚贞。除此之外，还有满山遍野、姹紫嫣红的杜鹃花，那里建有游客中心和景区配套的各种设施，以及宽畅、平坦、直达景点的便捷交通。

马树的红毡和土法造纸，更是列为省市、国家级的非物质文化遗产。那里还建有非遗传承人的作坊，他们还会为游客当场表演红毡制作的过程，真让人叹为观止。地震时，作坊遭到不同程度的损坏，灾后恢复重建，扩建后，将以更大的规模，更加厚重的传统文化展现在游客面前，足让游客赞叹不已、流连忘返。

这仅仅是灾后恢复重建的两个景点，而最让人心灵感到震撼的是大药山和白鹤滩巨型水利、水电枢纽工程建成后，和巧家县城相邻、相依、相望的人工湖。

巧家药山海拔4041米，属昭通境内最高的峰峦，它是由云岭分支的尖山、玉屏山、绛云露山于巧家而派生出来之气势磅礴、逶迤蜿蜒的大药山。它雄奇险峻、气象万千。整座大药山属二半山区、高二半山区和高寒山区组成，因受特殊地形的影响，气候悬殊，小气候突出。有人说，云南不少的地方十里不同天，一山分四季，而在药山，它便是五里不同天，甚至三里不同天，所以形成了特殊的立体气候和复杂的自然环境。

药山山体的面积为220平方公里，1984年经云南省政府批准，建立了药山自然保护区，界定的面积是102平方公里，2005年，药山升级为国家自然保护区。当年，《巧家县志》写道：“西北行，上高山，羊肠绳曲80余里，而攀木而升，或绳索相牵而上，缘陡若将阶天。南中诸郡，以为至险。”县志所记，还无法表达药山雄奇险峻之神韵，它西坡地势陡峭，悬崖绝壁从两江汇流的谷地中凌霄而起，柱地擎天，高不可攀。绝壁错落，形成自上而下的三级阶地，每级高差在千米以上。南坡之势较为平缓，药山自然保护区的主要森林植被，诡异瑰丽的岩溶景观都集中在这一片。翻开《昭通风物志》，不妨领略邹长铭先生是如何写药山的，你便会为他出神入化的描写，精彩凝练的文字而倾倒，从而拍手称绝：

远眺，药山主峰俨然一位趺坐参禅、意态安详、妙相庄严的圣僧，无思、无念、无准、无色、无相、内禅外定，已然进入“佛有自性”“人神俱不夺”的至高境界。在“圣僧”的脚下，数十万亩由多种植物群落组成的天然林，跨越丘岗，郁闭溪谷，绵延数千里，各种珍稀动物、植物活跃其间。登高临远，不由让人顿生臆想：这茫茫林海，这万顷碧涛，这点缀于林海碧涛中姹紫嫣红，万类霜天，莫不是“高僧”泼墨挥洒的一轴高远、气象万千的丹青长卷。

从岁月的深处走过来，迄至晚清，药山仍被以乌蒙冷杉为主的针叶林和以高山栎为主的常绿阔叶林构成的原始森林覆盖。天然林葱郁，为野生药材、珍稀植物生长和野生动物生息、繁殖创造了良好的条件。药山因出产各种药材而得名，著名的野生药材有柴胡、党参、贝母、天麻、虫草、黄芪、草乌、防风、龙胆草、仙茅参、刺参、秦高、黄连、重楼、短炳乌头、升麻、岩参、芍药、三七、蚕豆七、玉竹、黄精、丹皮、麻黄、细莘、玉带草、伸筋草、见肿消、弩箭药等，在中草药市场享有盛名；野生动物如虎、豹、熊、豺、牛羚、野猪、金猫等，出没林莽丛杂间；而大面积的珙桐群落，更是国内外罕见的奇观。从20世纪初开始的延续70余年的毫无节制的戕伐，药山以冷杉为主的针叶林被砍伐殆尽，以高山栎为主阔叶林也惨遭破坏，满山遍野的药草失去滋生繁育的土地，1000多个泉眼枯竭断流，珙桐、香楠等珍稀名贵树种只能在人迹罕至的幽谷深箐孤独地守望。然而药山不老。药山在承受了苦难的时候用苦难警示自毁家园的人类；药山以受害者的宽容、博大唤醒施虐者尚未完全泯灭的良知。在建立省级保护区后，经过十几年的保护、管养、恢复性发展，重建药山自然生态环境的努力得到了回报。由高山栎群落、箭竹群落、杜鹃群落和次生灌木丛组成的天然林区又焕发了新机；重新返回森林乐园的云豹、黑熊，重新获得适宜生存空间的奇花异草、地产特材、稀世珍奇、绝代风华的珙桐群落，是药山为每一位有幸光临者安排的最真诚的礼仪。

翻越天然林，攀登至海拔3000米以上的地带，以森林为魂魄的药山所展现的又是一番景象：错落有致的“V”形谷，在倾斜的阶地上刻画出移步换景的无穷情致；100多个泉点清流不竭，或流而成溪，或泻而成瀑，或积而成潭，百态千姿、各尽其妙。最令人一见倾心、不忍离去的是习称“大龙潭”“小龙潭”的两个冰川湖。大龙潭的面积有2万多平方米，水深30多米。潭水清澈明净，潭底潜流如注，水波不兴，水流有声。仲夏时节，潭水冰彻肌骨，而至隆冬，水雾氤氲，融融若有暖意。潭边数十个突兀峭拔的巨石以潭为中心，呈不规则的同心圆排列。巨石色青灰，表面莹润光洁，质地、纹理与当地岩石迥异，极为特殊，有人疑为陨石，未得到证实。从大龙潭南行3公里左右，便是小龙潭，小龙潭面积约为1.4万平方米，水深5—6米，被两壁排列成梯形的悬崖左右围护，悬崖上古柏森森，俯临水面。潭中心有一块状如人形的石柱耸立，高出水面近10米。石柱四周，又有18块形态各异、大小不一的石头参差环立，半没水波半朝天，托物寄寓，当地人名之“十八罗汉拜观音”。龙潭泻水口，左右岩岬若即若离，相距十余米对峙，却将一浑圆如珠的巨石横亘其中，因形赋名，当地人称“二龙抢宝”。潭水至清至洁，无数游鱼或游弋石穴、孔洞之间，或嬉戏清波碧浪之中，水花飞溅，光影摇摇，涟漪叠叠，俯临潭水的断岩、古柏、观音、罗汉，便真有些如痴如醉，不胜其乐的景象。口碑流传，小龙潭有两种灵异。

其一，临潭的古柏上常有不知名的红、绿色的各一只鸟栖息，每有树叶草须飘入潭中，小鸟即飞衔而出，故潭水一年四季皆明洁无尘；其二，如果有不安分的游客为寻开心而往潭中扔石子，顷刻间便狂风大作，雷雹交加。主峰金顶山北、终年积雪、冰柱垂枝银装素裹。山南、岩溶地貌发育，石峰群立，如笋、如柱、如狮跑、如虎跳、如持戟冲锋的武士、如闺阁伤春的少女……皆惟妙惟肖。流连其间，恍然若置身于闻名天下的路南石林，却又更多了一种居高临下的广阔情怀。

药山是朴素的、纯洁的、美好的。药山是远离世俗尘嚣的清新世界，是返璞归真的精神乐园。药山之旅，时光在了无痕迹的流动中走过亚热带、走过温带、走过寒温带；一日之行，身历春之温煦，夏之火热，秋风之苍凉，冬雪之圣洁。“会当凌绝顶”，群山腾浪、浩瀚苍茫，极目远眺，金沙江、牛栏江若白绸灵动飘逸；大凉山云岚，乌蒙山烟霭，数百里外的坝子村寨依稀，千里河山尽收眼底。有兴者，何妨选胜登临。

长铭先生的神来之笔，把药山的自然风光和超然神韵，描写、刻画得淋漓尽致，它不愧为国家的自然保护区。所以，巧家县进一步扩大了自然保护区的范围，并将保护区缓冲带居住的村民全部搬迁至大村集中安置。到2015年国庆前夕，大村完成了民房建设，街道、广场、道路的硬化亦完成了，美丽乡村的风貌开始显现，从而开拓了药山旅游的广阔前景。

从2017年开始药山镇计划投资3000万元，把大村打造成旅游胜地和药材、牲畜商贸的集散地，同时辐射、带动周边的小村、半箐、药山等自然村。我深信在各级党委、政府的带领下，这个目标一定能实现，我仿佛看到了在药山脚下的万亩草原上，成群的牛羊，或静静且甜蜜地吃着营养丰富的青草；或乱蹦乱跳，追逐着、嬉戏着，这些颇通人性的生灵亦在轻歌曼舞。更仿佛看到了巍巍然耸立的药山直插云端，在峰峦之巅，霞飞岚涌，彩云缭绕；在峰峦的下面是茂密的珙桐林、高山栎和重新焕发生机的冷杉林；而在人们面前的，是姹紫嫣红、争香斗艳的杜鹃，如云如霞、无边无际，我似乎还听到如织如梭的游客中，有人在吟诵杜甫的“子规啼血杜鹃红”和李商隐的“望帝春心托杜鹃”之千古绝唱。仿佛看见了，在树林和花海的间隙处，勃勃生长着的是当归、芍药、生机无限的柴胡、党参、黄精、草乌和重楼……还时时散发着悠长且沁人肺腑的药香。而在自然保护区外，那一幢幢掩映在葱茏中的别墅式小楼房和农家小庭院，这一切的一切，构造了一幅幅壮美的画卷。此景只应天上有，如今在灾后重建中，它却潇潇洒洒落人间……

巧家的大寨镇有193平方公里，它的背后不远便是举世闻名的白鹤滩。站在岩石边那棵被老百姓称之为神树，而又香火不断的大榕树下，极目远眺惊涛骇浪、卷起千堆雪、咆哮奔腾声如阵阵惊雷、滚过茫茫峡谷的白鹤滩，它犹如缠在大山腰际一条白色的玉带，白鹤滩激起巨大浪涛，犹如刻意点缀在玉带上的花纹。两岸全是大自然鬼斧神工留下的千仞绝壁，有人要想从大榕树那里走到金沙江边，往返回来，没有一天时间，是无法办到的。凿在岩石上，权且让路人落脚的羊肠小道，十分艰险，每迈出一步不是拉着沿途的蔓藤，就是扶着身边的岩石。没有走过这种路的人，抬头往上看，朵朵白云从岩顶飞过，绝壁似乎要垮塌下来那般；低头往下看，不见谷底，只见雾蒸岚涌，转瞬之间，便心惊胆战，双脚直打抖，每迈出一步，都得付出相当的勇气和力量。那天，我和县上的几位朋友站在那里，低头往下看，心都颤了，就觉得头晕目眩，不敢跨出半步。长铭仁兄对我说道：以前常有人从这里滚下岩去，竟然找不到遗体，费了九牛二虎之力，才能在树枝上，或是突出的岩石上，拈到几点摔碎的肉，有的还夹着少许的骨头，但每块肉不会超过二两的重量，真是粉身碎骨，毫无半点夸张。大榕树旁便是白鹤滩驿道，它宽不到6尺，全是人工一锤一锤地凿在悬崖峭壁之上，非常险峻，我望而生畏，根本不敢在那条驿道上移动脚步。那天，我站在路边正在感叹之时，倏地一个汉子驾驶着一架手扶拖拉机，竟然驰上白鹤滩驿道，这需要多么精湛的技术和超人的胆识啊，这是生存环境造成的。这条白鹤滩驿道是当年雍正和乾隆皇帝为了疏通金沙江，便利运输东川的铜而凿的。我想，除了便于大寨的山民能顺江走出自己狭小的天地，去拥抱外面更为精彩的风景外，还有一个最为重要的用途则是满清政府运铜的木船，顺流去到白鹤滩时，无法通过雷霆万钧的波涛时，便将货物卸下，用人背到白鹤滩，再上前来接应的木船。可见封建政府的骄奢淫逸，是完全建立在黎民百姓的血肉之上的。所谓“乾隆盛世”，完全是由劳苦老百姓的汗水、鲜血和累累的白骨堆砌起来的。以前，大寨的山民要出去，还得绕道走好长一段山路，到达驿道，才能走到金沙江边，以后又组织人力、物力，在原来的驿道基础上，继续凿宽、凿远了。但是，工程却十分艰险，民工开凿的时候，都得用绳子系牢身体，常常是悬空用铁锤一锤锤地敲打，用脆弱的血肉之躯和坚硬的玄武岩去拼搏。为延续这条白鹤驿道，不知死了多少人，随着历史的推移，人们渐渐地忘却了。而当地的村民，常常去到那棵大榕树面前烧香祈祷，非常虔诚，口中念念有词，听不清他们是在向神树祈祷什么。望着那些善男信女，有的也许在祈祷平安，让所有的亲朋好友无病无灾、幸福安康；有的也许祈祷婚姻顺当，家庭美满、幸福，白头偕老；还有的是祈祷学有所成，考上大学，跳出农门；甚至不乏祈祷升官发财的，林林总总。其实，硕大苍劲的大榕树，不管它的年代有多久远，团团如盖，它毕竟只是一棵较为平常的树，不知是什么时候、什么人为它罩上了一袭神秘的面纱，让它越来越藏有玄机。我问过当地的几个老人，他们给我讲了一个口口相传，却流传至今的故事，凄婉而传神，让你没有理由不相信故事的真实性。据说乾隆年间，征修白鹤驿道的民工中，有一个石工技艺精湛、高超的昭通人，他家住在头道沟。那里盛产质地优良的青石，且色泽深沉，让人疑是墨玉，雍正年间重建昭通城时，大街小巷，以及有钱人家的房屋，所铺砌的都是产于头道沟的青石。所以，这里的农家子弟，在农闲时都上山开石采料，或凿成狮子、墓碑、水缸、石桌石墩，长期磨炼，都成了技艺高超的匠人。乾隆欲开发金沙江航道，圣旨传到昭通，官府重点抽调的就是有一技之长的石匠，两丁抽一，主动报名去了，减免皇家的赋税，违抗者则又打又罚。头道沟山脚有个姓崔的小伙子，刚刚将家住白坡塘的媳妇娶回家，还没有度完蜜月，小伙子还有一个弟弟、妹妹，按官府的摊派，他家必出一个民工。万般无奈，小伙子只得应召去了大寨白鹤滩驿道，两年过去，小伙子杳无音讯，新婚宴尔就失去丈夫的小凤，尤为思念丈夫。每天傍晚，太阳欲落山时，小凤都会站在自己的家门口，痴痴地望着丈夫远去的方向，阵阵心酸，眼泪便夺眶而出了。有时，她还会爬到房背后的山岩上，极目远眺，除了远飞的大雁，凄凉的鸣叫声外，断肠人却远在天涯，自古多情伤离别，何况小夫妻俩正如胶似漆恩爱的时候，被官府活活拆散。长时期的相思之苦，小凤渐渐地失去了豆蔻年华青春焕发的姿色，心灵的煎熬，她变得格外的憔悴，她便暗暗地发誓，一定要到白鹤驿道找到新婚的丈夫，哪怕见上一面，就是转身跳下金沙江，她也心甘情愿。于是悄悄地攒了一点私房钱，便对婆婆说道：他去了两年多，至今音讯杳无，不知是死是活，我要到巧家白鹤滩找他。婆婆颇为感动，饮泣道：姑娘，你一人出门，我不放心，山高水长，若在路上出点什么差错，我无颜见你的父母，也对不起儿子。小凤泪流满面，说道：妈，我主意已定，不要拦我，此番去白鹤滩寻夫，就是经历千辛万苦，我也要找到他，就像孟姜女那样哭倒长城，我这次去了，就想哭倒大山，让断岩阻断河道！婆婆知道儿媳妇的脾气，一旦下了决心，十头牯牛都拉不回来，忙着回房间，拿了几两碎银交给儿媳，叮嘱的话还没有说出口，却先号啕起来，小凤扑进婆婆的怀里，转瞬，婆媳两人便哭成泪人……

小凤餐风宿雨，走了十多天，才到了大寨，问了到白鹤滩的路，便径直去了，到了那里一看，她的手脚便阵阵发抖打战。这哪里是在修驿道，分明是在凿登天的阶梯，看那些挥着手锤的民工，似乎个个都站在云端里，她的心便紧缩了，同时有了不祥的预兆。头道沟的民工，都是石工技艺十分娴熟的工匠，便被监工全分在白鹤滩驿道上，小凤的丈夫还当了班头，监工拿着皮鞭，整天黑风伤脸，逼着民工干活，监工分了任务，并许口说，只要你们拼命干，谁先干完，就放你们回家和亲人团聚。听了这话，小凤的丈夫为了早一天回家和新婚的妻子团聚，就夜以继日地拼命干。同去的伙伴劝他别玩命，官家的话不能听，你就是把活计干完了，到时不准你走，你搬石头去砸天。小凤的丈夫不以为然，十分轻松地说道：若官家说话不算数，到时他便会偷偷地跑回家去。

同去的伙伴又说：那一个个监工，像喂得乖乖的猎狗，抓住你必咬你一个遍体鳞伤。小凤的丈夫颇有把握地说道，到时我自有办法。不出所料，监工说话不算数，他舍不得这群技艺超众的石匠离开白鹤滩，于是便说道：你们之前是服劳役，从现在起，你们干一天，给你们一天的工钱。又干了一个月，监工推三推四，就不发工钱，惹怒了小凤的丈夫，一天晚上，小凤的丈夫实在待不下去了，他思念父母和弟妹，更思念新婚的小凤。便约上三五个伙伴，趁有点昏昏月亮，半夜起来，就想逃离虎口，殊不知，刚刚摸出去两三里，就被查哨的官兵发现，便提刀去追。小凤的丈夫见状，拔腿就跑，夜色朦胧，加之道路崎岖，又坎坷不平，才跑出一两里，几个人就跑散了。小凤的丈夫，像无头的苍蝇，不知路在何方，一路乱跑，官兵却穷追不舍，跑到白鹤滩驿道的悬崖边，已走投无路。他想与其被抓回打伤残了，以后还得戴着脚镣服劳役，真是生不如死，还不如以死抗争。留个好名声，于是，他声嘶力竭喊着父母和小凤，纵身跳下了悬崖……

小凤一路问过去，都说不知道，来这里当民工的人，天南海北，加之监工管得严，不准民工之间来往、串联，就是间或在一起聊聊天，抽一袋旱烟，都会遭到监工的呵责。所以，民工之间，就是相距很近，也不知道姓甚名谁。小凤痴呆呆地站在那里，正一筹莫展之时，走过来一个断了手臂的人，他挑着饭菜正往工地上送，两人见面，先是茫然，继而懵了，转瞬便惊喜地叫道：

“你是我家隔壁的邻居李三哥嘛……”

“你是石匠崔师的新媳妇小凤……”

“李三哥，你的手臂呢？”

“岩石垮下来打断了，差点送了老命……”

“我家崔……”

“小凤。”李三哥哀怨地说道：“你在这儿等我一下，我把饭送去就回来，兄弟些肯定饿了。”

约莫一个时辰，李三哥挑着空担回来了，一见小凤就说，你跟我到工棚里去，我有话对你说。李小凤的心跳得很厉害，看李三哥那神色，必有难言之隐，丈夫在哪儿，他也不告诉自己一声，莫非……她不敢想下去，只得拖着如灌了铅的双腿，跌跌撞撞、蹿蹿倒倒地去了工棚，进了如猪厩一般的工棚，李三哥掀起破烂、肮脏的被子，才在梭草底下翻出一个布包打开，除了两件换洗衣服，还有一条她亲手绣的腰带和一个鸳鸯戏水的荷包，这是小凤送给丈夫的定情信物，是姑娘表示生死相许的心啊！小凤心里什么都明白了，忽觉脑壳一晕，软瘫瘫地跌在地上，待她醒过来时，正躺在铺有梭草的地铺上，周围站着的都是同乡同村的乡亲，她倏地硬撑着欲站起来，嘴里喊着丈夫的名字，就要往外跑。李三哥忙拉住她，无奈，只得讲了她丈夫跳崖身亡的前前后后，劝她好自为之，年纪轻轻，留得青山在，不怕没柴烧。小凤什么话都不说，只会抽噎着，半晌她终于说道：李三哥，他往哪里跳下去的，带我去看一下，我为他烧三份纸、三炷香，夫妻一场，以慰他的在天之灵。大家觉得这是人之常情，她丈夫就是因为昼思夜想眷恋她，才做出这惊天动地、以死相许的悲壮之事。李三哥便约了几个乡亲，忙着为她准备纸钱香蜡，小凤把从家里带给丈夫的衣服、鞋子理出来，这些都是她在如豆的清油灯下，一针一线为丈夫做的，这些东西既倾注了她心血，又蕴藏她的全部感情。其他的东西，还包括丈夫爱抽的蓝花烟，过春节时做的血豆腐，风干和烟熏的腊肉，都交给了李三哥，这是她的一点心意。此时的小凤没有了眼泪，她默默地跟着李三哥去了丈夫跳崖的地方，她先点好蜡烛和九炷香，捡块石头塑在地上，权且做了灵牌，裹好叶子烟和一应果蔬放好，便跪在地上烧了纸钱，心里默默地念道：哥哥，妹妹来了……纸钱烧完了，又将带给丈夫的衣服、鞋子也烧了，一转身就倏地跪倒在李三哥的面前，说道：李三哥，你们一旦回到昭通，请告诉父母一声，我跟他走了……李三哥有些发懵了，还没有弄清是回什么事，她面带满意而极幸福的笑容，纵身跳下了悬崖……

白鹤驿道修好了，李三哥等人欲离开这里返回故乡之时，他们来到小凤夫妇俩殉情的地方，默默地祈祷后，并栽下一棵榕树，其时是清乾隆十二年（1747 年）的仲夏，距今两百多年了。说来也怪，树刚刚栽上，就来了一场透雨，从那以后，栽着榕树的那块地方，始终便是潮荫荫的，很适合它生长的环境，有人便说那是烈女小凤的眼泪浸润的结果。两百多年以来，这棵榕树始终根深叶茂，树冠如盖，虎踞龙盘，巍巍直插天穹，它是昭通人生死相爱的见证，是小夫妻在天之灵的象征，更是人性最完美的写照。

这个荡气回肠的故事，赋予了那棵大榕树人文精神，我看着血泪和白骨凿成的白鹤驿道，心里便生出许多感叹，是凄婉，还是悲壮，是自豪还是惆怅？真正对我心灵产生强大震撼力的是白鹤滩那雷霆万钧、摧枯拉朽的气势和力量。巍巍昆仑，莽莽唐古拉山，涓涓细流的羌塘，它们是如何将来自姜根迪如的点点滴滴的冰雪水，汇成长江的源头，一直奔腾而下，成为惊心动魄的白鹤滩，让巧家人因有它而感到骄傲和自豪……

三峡电站坝高175米，装机容量1800万千瓦。它的坝头在宜昌，坝尾在重庆，库容近400亿立方米。

溪洛渡电站装机1260万千瓦，仅次于三峡电站，它的坝高273米，长度近700米，为世界第二高坝，它蓄水115亿立方米，为混凝土双曲拱坝，拱冠顶厚14米左右，可行驶任何宽体的汽车，底厚74米，由近800万方混凝土浇筑而成，虎踞龙盘，固若金汤。水库完全处在深山峡谷之中，平均宽度不到700米，回水200公里，一直到白鹤滩。

向家坝所采用的是常规的混凝土重力坝，它高160米，坝顶长度为897米，蓄水52亿立方米，装机容量为600万千瓦。

而白鹤滩水利水电枢纽工程，是继三峡电站、溪洛渡电站，第三个装机容量超1000万千瓦的巨型电站，它蓄水接近200亿立方米，是向家坝到虎跳峡蓄水最大的水库。电站坝址位于四川、云南两省的界河之间的金沙江白鹤滩上，坝址左岸为四川宁南县跑马乡，右岸就在云南巧家的大寨镇。它的水位线处在海拔820—825米之间，和溪洛渡尾水相连，回水可一直连接到乌东德。白鹤滩水利水电枢纽工程一旦建成，它清澈碧澄的水便会漫到巧家县城下黎明一社的花园社区。那里便可出现一个长7公里，宽三四公里，面积近30平方公里的人造湖泊，它必衔远山，吞滚滚金沙江，“浩浩荡荡横无际涯，朝晖夕阳，气象万千。春和景明，波澜不惊，上下天光，一碧万顷，水鸟翔集，锦鳞戏水，岸芷汀兰、郁郁青青，长烟一空、皓月千里、浮光跃金、静影沉璧、渔歌互答，此乐何及”。它的水位达到820—825米的正常蓄水高程时，湖的两岸相距几公里，见到的只有碧波浩渺，水天一色，烟雨氤氲的秀丽景象。这无疑为巧家的旅游提供了千载难逢的机遇，所以，从现在开始，县委、县政府就要精心规划湖泊和县城紧密相连的旅游景点。切忌在湖边各自为政，乱修乱建，若是这样，我们必为此付出巨大的代价。加之以后便捷的交通，这里和大药山，游客络绎不绝，趋之若鹜，必成为一种必然。

巧家除了特色农林业和文化旅游业外，特色加工业和服务业，也是着力打造的支柱产业。在特色加工业上，他们要充分利用自己的特色农产品资源，着力推进优质粮油、特色果蔬、中草药材和畜产品的初加工，在此基础上，稳步发展农产品的精深加工，延伸产业链。着力扶持一批龙头企业和农民专业合作社，提升农业产业化水平。巧家产业园区规划于马树镇小河塘。灾后重建规划拟以产业园区基础设施重建和信息化平台及软环境建设为主导。建设占地为3000亩工业园区农产品加工片区及配套基础设施建设。同时，还需在工业园区建标准化厂房一万平方米，农产品加工片区道路2公里。

在服务业上，恢复重建乡镇批发、零售等商业服务网点和农业生产资料流通服务设施，完善市场服务体系。加强现代物流配送设施和流通信息网络建设，扩展服务功能，提高服务水平。恢复重建金融机构营业用房和基层营业网点，优化金融机构网点布局，为灾后恢复重建，经济发展和群众生产生活提供优质的服务。加强粮油和其他物资储备设施建设，完善应对突发灾害的市场应急保障体系。巧家灾后恢复重建中，他们就在包谷垴、新店重建了2个乡镇金融网点。在包谷垴、老店、马树重建3个建筑面积达1500平方米的粮库。

巧家结合自己的实际，在产业规划和发展上，思路是非常清晰的，措施也十分有力，因而对各灾区，包括其他的乡镇都极有指导和实践意义。所以，各乡镇、各村社都在积极行动，干得如火如荼，风生水起……

鲁甸“8·03”地震，隔牛栏江与龙头山镇相望的包谷垴乡遭到重创，造成26345人受灾，66人死亡，3人失踪，受伤237人，受灾人口占总人数的96.17%，经济损失超过80亿元，无疑是有史以来的一次大劫难。导致他们灾后恢复重建的任务十分艰巨、繁杂，除了涉及民居建设外，还有公共服务设施、学校、医院、村级组织活动场所等项目83个。全乡有5644户民房需拆除重建，占全乡总户数的64.18%，还有2068户民房需修复加固，重建路上荆棘遍野、坎坷不平、充满了艰辛。但他们不以事艰而不为，不忘初心，人民至上，敢于担当，敢于负责，用实际行动践行共产党员一切为了人民群众的誓言。乡党委始终把民房恢复重建作为重中之重，作为压倒一切的中心工作，围绕重建目标，紧盯时间节点，组织全体党员干部和基层普通党员，严格按照“八包八保”的要求，团结带领全乡干部群众上下一心，集思广益，群策群力，用实际行动践行入党时的誓言。大到修房盖屋、产业发展，小到各家各户的琐碎事情，他们都不会放弃，全心全意为人民群众排忧解难。因而在党的95周年华诞庆典上，在亿万人的瞩目下，包谷垴乡党委书记何锡华走上人民大会堂的主席台，接受党中央领导颁发的全国优秀基层党组织的荣誉奖牌，从而为昭通600多万民众，赢得了幸福和自豪。

我们还清晰地记得：当灾难从天而降，红石岩告急！新坪告急！红箐、周家坪、燕麦沟告急，包谷垴全乡告急时，乡党委在第一时间立即启动了应急预案，全乡几乎所有的共产党员，以最快的速度，徒步赶到各重灾区。成千上万的共产党员转瞬之间就坚定不移地站在鲜红的党旗下，冒着飞石和余震的危险，来到受灾的群众面前，带领群众在第一时间展开自救。他们心里装着的是“老百姓是山，老百姓是海，老百姓是共产党永远的挂念；老百姓是天，老百姓是地，老百姓是共产党力量的源泉。”正因为如此，包谷垴乡这个坚强的战斗堡垒没有被震垮，广大党员挺起的脊梁没有被压弯，他们用自己的实际行动，证明了自己是用特殊材料铸成的。他们在乡党委的领导下，把全乡8个行政村，分成6个片区，并在相对集中的6个社区，成立了临时党支部，并派去了5名党员，组成支委，从而形成了坚强的战斗堡垒。在救援人员还没有到来之时，不等不靠最大限度地抢救生命。灾情最重的红石岩村党总支，就在震中的路边召开了紧急会议，动员全村两个支部，43名党员发挥先锋模范作用，忘掉自己也是灾民，强忍家中也失去亲人的痛苦。所以，在外援队伍还没有赶来之时，便救出被困的乡亲160多人，让90户家庭免除了失去亲人的痛苦。包谷垴社区作为全乡政治、经济的中心，社区党总支，带领全体党员把来自各路各方的救灾物资进行分类，并管理得井井有条，为灾民的过渡安置做出了特殊的贡献。红箐村、周家坪村、燕麦沟村党总支，在交通完全断绝的情况下，组织发动群众，在第一时间，把71名伤员送到卫生院救治，使他们无一个因延缓救治时间而失去生命。青山村党总支，在抓好本村的救援和安置的同时，尽最大的努力，把新坪村119户460名灾民接到自己的安置点来，对他们无微不至的关怀和安置，体现了血浓于水的真挚感情，从而使他们恐慌的心，很快安定下来。

灾难袭来，包谷垴乡的基层党组织不慌不乱，始终做了灾区群众的主心骨，使得抗震救灾有条不紊、科学有序地推进。因而在地震的第三天，全乡15644名灾民完全得到了妥善的安置，66名遇难者的遗体全部入土为安了。第五天，26345名灾民做到了有饭吃、有水喝、有帐篷住、生病能得到救治……

贯穿整个包谷垴乡“8·03”抗震救灾和灾后重建过程的主线，是共产党员废寝忘食、日以继夜、前赴后继、奋不顾身的付出。灾难是一块试金石，在灾难面前，所有的党员都齐刷刷地站出来，并舍身忘死地顶上去了，表现出他们一心为民的本色和共产党员的信仰，诠释了共产党员的追求和对党的忠诚。

当包谷垴的党委书记何锡华站在人民大会堂的主席台上，接过中央领导授以的奖牌时，自己强烈感觉到的，是他的心中五味杂陈。奖牌既是荣誉，更是一份沉甸甸的责任。因为这份荣誉，饱含着66个鲜活的生命，在地震袭来的几秒钟时间里，就阴阳两隔，他们付出了生命的代价；更是这份荣誉，饱含着党中央对包谷垴乡党委带领群众奋发而为、灾后重建、发展产业、带领灾民脱贫致富奔小康的嘱托和希冀……

灾难过去了，灾后重建更让包谷垴乡的村村寨寨旧貌换新颜，但每个人都没有忘记，被云南省委追认为“优秀共产党员”的周清顺。

周清顺的家在红石岩村冷家坡，下面就是奔腾、咆哮的牛栏江。

陡峭的冷家坡，由于受地形的影响，干热缺水且土地十分贫瘠，老百姓的生活便十分贫困，住的全是土坯房。周清顺家住的地方，是冷家坡较为险峻，更加贫苦的地方，距村子不远的地方，便是壁立千仞的悬崖峭壁，全村20多家，近百人，只有一条崎岖的小道通往外界，似有山上才一日，世上已千年的感觉。地震发生时，真是山崩地裂、悬崖倾覆、落石如雷、房屋倒塌，使得整个村子无一幸免，导致2人死亡，1人失踪，9人受伤，救援人员无法进去，一度成为孤岛。危难之时，43岁的村民小组长周清顺，没有忘记自己的责任，没有忘记朝夕相处的乡亲，更没有忘记自己是一名共产党员，临危不惧，立即组织村民自救。他首先把老人孩子疏散到安全的地方，回头带领没有受伤的乡亲逐家逐户挖刨埋在废墟之中的乡亲，他把伤员和遇难者的遗体安顿好之后，又义无反顾地带着身强力壮的乡亲到邻村去救人，妻子见状，便对他说：他爹，儿子直到现在还没有见到踪影，是死是活，也不知道，你还不赶快去找。再说，自己的房子也垮了，所有的东西还埋在里面，得忙着刨出来，否则以后吃什么，穿什么……周清顺不等妻子说完，便抢白道：儿子已经十岁了，他不会遁土，更不会飞到天上去，他如果没有死，会自己跑回家来。现在余震不断，刨什么东西嘛，我现在得带人去王家坪子和肖家坡，救人要紧！

不等妻子再说什么，周清顺带着二三十个乡亲已跑出老远。妻子担心他因脑溢血做过手术，现在刚好点，但血压就一直降不下来，平时，妻子连50斤重的东西都不让他背。更不准他蹲在田间地角和乡亲们说话，甚至熬夜，他一旦有个三长两短，这个家就完了……他一路小跑，翻山越岭，不顾大汗淋漓，头晕目眩，四肢酸软，巴不得一两步就跑到灾区。到了王家坪子，他带领村民，首先就在杜顺金家刨出两个孩子，却因伤势太重，只救活了一个，另一个却过早地枯萎了……紧接着，他又刨出一位年迈的老大娘，但也遇难了。

离开王家坪子，他又去了肖家坡，刚进村子，他见有户人家，竟不顾余震，拼命跑回摇摇欲坠的家抢搬粮食和其他的东西，周清顺便不顾一切地把她硬拉出来，说道：肖大姐，不能为了这些东西，把命丢了，留得青山在，不怕没柴烧。肖大姐却说：兄弟，这点家当，是全家的心血，全被埋了，以后拿什么过日子嘛……周清顺十分肯定地说道：有党和人民在，我们就不会饿着冻着，现在各级党委、政府最为关心的是人民大众的生命。赶快撤离，再迟走几分钟，就十分危险。肖大姐便拉上孩子，说道：兄弟，我听你的，现在就去临时安置点。肖明芝大姐拉着孩子还没有走出10米，她家破损的房子，在余震的推波助澜下，轰然倒塌了。周清顺的善良和真诚，救了她娘俩的命，肖明芝的眼睛湿润了，连连说道：兄弟，你真是一个好人。周清顺却淡淡地说道：我只要还有一口气，就得把乡亲转移到安全的地方去，否则我就不是人。

周清顺必须每天服用的药，被埋在了倒塌的房屋里，服不服药，也就不把它当成一回事了，并且三天三夜未合眼，还先后背了7个伤员送到设在山顶上的救治站。没有伤员可送，他又带着乡亲搬运救灾物资，搭建帐篷，这些东西，他必须来回走十多里，从公路上背到临时的安置点，他付出的代价，可想而知。第四天，乡亲们见他走路踉踉倒倒，硬把他拽进帐篷，但没有睡上一个时辰，他又悄悄地爬起来，投入到抗震救灾中，表现出来的是，小车不倒，只管推的献身精神……就是那天夜里，他还在帮助乡亲搭建帐篷，但此时，他已神志不清，伸出手去拉帐篷的绳子，连连几下，都落空了……只见他连连蹿了几下，竟然晕倒在地上，乡亲们便七脚八手把他放到一块木板上，抬着就跑，拼命送到包谷垴卫生院。医生见到他时，已经昏迷不醒，知道他患有高血压病，便忙着为他量血压，结果低压 130，高压竟达 230 毫米汞柱。此时，还有省医疗队的专家在这里，于是便对他进行会诊，初步结论是：几天几夜，因劳累过度，又没有吃药控制病情，可能是脑溢血复发，需及时送往县城医院进行进一步确诊、救治。

8 月 8 日的凌晨 4:30，包谷垴卫生院用救护车将深度昏迷的周清顺送往巧家县医院。急诊科主任孙贵涛马上就对他施救，见他似乎只有出气，没有进气，处于弥留之际，立即给他插上气管导管，用呼吸机帮助他维持呼吸。很快，省昆华医院神经外科主任、省赴巧家医疗队专家组组长赵建华赶来了，立刻对他进行了进一步的检查，他不得不对旁边的几位医生遗憾地说道：现在他的呼吸只能靠机器，体内循环也只能依靠药物维持，他本来就有严重的高血压病，又做过手术，地震发生后，竟几天几夜没有服药……周清顺站在旁边的妻子尹兴兰忙哽咽地说道：医生，地震发生时，冷家坡村的房子全部倒塌了，我家的房子也倒平了，家里的东西都被埋了，包括他吃的高血压药。我知道他会被累倒的，我连续刨了好几次，都没有找到装药的瓶子。地震那天，他把 70 多岁的老母亲交给我，还说，你快去找儿子，我得发动乡亲去刨埋在房子底下的人。说完，转身就无脚撂手地跑了，直到昏倒在帐篷里，我和女儿明丽才见到他……

赵建华专家频频点头，痛惜且几分无奈地说道：其实他已经脑死亡了，多好的人啊！他是因劳累过度，引发脑溢血……

8月9日的凌晨3点，尹兴兰母女陪侍在已经脑死亡的周清顺病榻前，她俩已欲哭无泪，只有一阵强似一阵的抽泣、呜咽。母女俩再想和他说几句知心话，但如何呼叫他，周清顺已经听不到了，他的灵魂已离开躯壳，又飘回了红石岩村的冷家坡、王家坪子了……他似乎看到了在帐篷里已酣然入梦的乡亲们，他满足地笑了。深感自己作为一个共产党员、村民小组长没有辜负党和人民的厚望，做了自己该做的事情，虽只有43岁，此生足矣！凌晨4: 10，周清顺丢下70多岁的老母，和他相濡以沫的妻子和一对儿女，离开生他养他的冷家坡，离开他曾经承诺过以后还要带领他们重建家园的乡亲父老，永远、永远地从此岸去了彼岸……

周清顺当了冷家坡的村民小组长后，就把全组20多户人家，近百名乡亲放在心上，他觉得冷家坡就是一个大家庭，任何人的事，都是他的事，他要用心去对待每一个人，用生命去呵护每一个人。冷家坡干旱缺水，不仅耕种是靠天吃饭，而且人畜饮水都十分困难，春秋干旱时，村民得跑三五里路，才能挑来不干不净的两桶水，吃水犹如喝肉汤。他一当上村民小组长，就带上几个人，满山遍野地去寻找水源，找到水源后，他又四处讨口化缘，动员村民集资。凑到能买水管的钱后，又动员全组的乡亲投工投劳，自力更生，终于把清澈、甘洌的泉水引到村里来，让20多户人家，都用上了旱涝都不愁的自来水。

8月9日下午，周清顺的骨灰盒由他的一对儿女捧回冷家坡，安放在他亲手搭建的帐篷里，冷家坡和邻村的乡亲都赶来吊唁和送行，恸哭声感天动地，让人柔肠寸断……一位老大娘，席地坐在他的骨灰前，撕心裂肺地号啕道：清顺啊，发病的那天早上，你说肚子饿，饭还没有蒸熟，你就只舀了一碗米汤，喝了几口，没有吃别的东西，就去背乡上送来的物资，结果一去不回，清顺啊，你是为乡亲累死的呀……

村民杨昌陆，走进帐篷，恭恭敬敬三鞠躬后，才泣不成声地呜咽道：清顺啊，为了治病，为了女儿读书，你欠下这么多的债，你也不贪污公家和乡亲的半分钱。地震了，为了救埋在房子底下的乡亲，以后又转移安置乡亲，几天几夜不休息，全村的老老少少都欠着你的情，还来不及报答，你就这样默默地走了，让我们心如刀绞啊……

包谷垴乡的党委书记方永远和乡长王德元都来了，他们低着头，心情特别沉痛地在骨灰盒前伫立良久，良久之后，王德元才哽咽地说道：

“地震发生后，周清顺同志舍小家顾大家，把自家的老母亲、亲戚朋友都放在一边，把本社的人大代表和党员组织起来，去营救别人，他是我们基层党组织的一个楷模，是所有党员的楷模。我们只有继承他的遗志，把我们的家园建设得更加美好，让人民群众过上幸福美满的生活，周清顺的在天之灵便没有了什么遗憾，清顺，你走好啊……”

中共云南省委在追授周清顺为“全省优秀共产党员”的决定里，更是这样写道：

> 作为村民小组长，周清顺同志经常深入群众，带头执行并积极宣讲计划生育政策，如今，冷家坡村民小组无一例计划外生育。他公道正派，村民之间发生纠纷，他总是认真对待公正公平地解决。在民主评议党员中，他连续6年被评为优秀共产党员。鲁甸6.5级地震发生后，周清顺同志不顾10岁的儿子下落不明，顾不上自家房屋倒塌和财产损失，强撑

病体，第一时间带领群众冒着余震、落石的危险，成功地从断垣残壁中救出数名被埋人员，配合前来救灾的队伍搜救被埋人员，运送重症伤员，搬运救灾物资，搭建帐篷，协调安置受灾群众，一干就是五天五夜，终因过度劳累诱发脑溢血……

榜样的力量是无穷的，由周清顺等英雄、模范身上所焕发出来的光彩，化成了灾后重建中无穷无尽的精神力量。包谷垴不愧是受中央表彰的“全国先进基层党组织”，更是一个英雄模范辈出的地方。

灾后重建，包谷垴乡涉及民房建设、公共服务设施建设、学校、医院、村级组织活动场所等项目 83 个。全乡 5644 户民房需拆除重建，占总数的 64.18%，还有 2068 户民房需要修复加固，重建的道路充满了艰辛和困难。

那时，得到过渡临时安置的灾民，挤在低矮、狭小的帐篷里，看着自己倒塌、破损的房屋，愁绪紧锁眉头，甚至产生了悲观失望的情绪。他们想得最多的就是如何重建家园，今后的日子该怎么过啊？县委、县政府面对如此的现状，只有一种选择，不等不靠，发扬自力更生的创业精神，争取主动，尽快启动灾后重建，让村民尽快从灾难的阴影里走出来。包谷垴乡便于 2014 年 9 月 20 日拉开了灾后重建的序幕，并很快形成高潮。而一个带根本性的大难题，则是中央、省、市对灾后重建的具体政策还没有下达，灾民恰恰最关心的事情就是重建的补助资金数额是多少，谁也不清楚，更没有任何领导敢明确表态。所以，灾民不愿拆除自己破损的房屋，就是那些完全倒塌的农户，也不愿把地基清理出来。乡上的领导苦口婆心，到各家各户做动员，灾民的口径都十分统一，就是国家的具体补助政策还没有来，他们就不敢动手重建。包谷垴属二半山区和高寒山区，海拔都在2000米以上，只有少数江边河谷地区的海拔低于1800米，所以冬天寒冷。若让村民还挤在帐篷里过冬，老人和孩子便无法承受，造成雪上加霜，灾民的处境就更加艰难和窘迫，灾后重建，早晚都得建，宜早不宜迟，才是最佳的选择。乡党委多次召开会议，统一的思想就是：国家一定会给予重建补助的，虽不能和汶川、玉树相比，但昭通彝良的灾后重建，却是可以借鉴的，希望各包保干部得耐心、细致地做好灾民的工作。尽快先拿点钱出来，启动灾后的重建工作。在这关键的时刻，还是基层党组织发挥了战斗堡垒和党员先锋模范作用。他们带头先拆了自己的房子，清理出地基后，又走进每家每户的帐篷，仍轻言细语地做思想工作，他们说得最多的话：就是党和政府任何时候都把老百姓放在心中；任何时候都把老百姓的困难记在心上；任何时候，都是在老百姓需要关怀的时候，把温暖送到各家各户，发生了这么大的灾难，若不是党和国家，我们就无法挺过来！现在我们得群策群力，互相帮助。先利用这段气候好，又适宜修房盖屋的时间，把房子重新建起来，争取春节前就搬进新居。灾民既看到了党员的行动，又听了他们润心润肠的话，都同意拆除破损的房子。但新的矛盾又出来了，大家都开始重建房子了，哪里去弄建材，哪里去弄水嘛，因为包谷垴乡所辖范围内，均为资源性缺水。乡、村的领导都十分肯定地说道：这些事情党委、政府都为大家考虑好了，就连各种建材的价格都做了统一规定，不准乘人之危，落井下石。砂石和水，党委和政府正组织村社寻找水源，确定开采砂石料的地方，不管花多大的力气，都得把水源找到，并且引到村子里来。灾民一听，便兴奋难抑，都说包谷垴乡的党委和党员不会说谎话，更不会欺骗村民。地震发生后，每个党员都是顾大家、舍小家；都是先救别人，才考虑自己的安危。就是在这样的氛围之中，灾后重建，在2014年9月底就形成高潮。

包谷垴乡人多地少，特别在新坪、青山、威宁寨和周家坪这几个花椒主产区，人均耕地不足一亩，有的人家只有三分地，可谓寸土寸金。所以，乡上的统一规定，灾后重建，只能在原址上，不准占用耕地。就以威宁寨为例，它现在几乎没有村民种植粮食，就连蔬菜，都是到集市上购买。但是，这里的村民，就能靠这里十分有限的土地，把花椒打造成精品，不少的人家仅靠花椒，就收入十几万元，甚至超过二十万元。那天，我去了威宁寨，整个村寨，就只见到一块没有超过80平方米的菜地，上面育着的却是花椒树苗。在这里，我感到纳闷，这个地方为什么叫威宁寨，它跟贵州的威宁究竟有些什么瓜葛？便问当地的长者和村镇的领导，他们说不出其中的奥秘，只有一个长者说道：只知我们威宁寨的人，都是南京人的后辈，但他们既不是屯边，也不是充军来到这里的，而是从龙头山银矿迁徙过来的。当年，他们的祖辈来龙头山开采、冶炼银矿，后来因种种原因，银矿垮了，万般无奈，大多数人只能选择回故乡南京。当年，从东川把精铜运到昭通永善上船，从金沙江水道进入长江，再到京杭大运河，运往京城铸造钱币，走的就是经过包谷垴、老店这条官道的。威宁寨村民的先辈走到包谷垴这个地方时，看见平缓的山地森林茂密，气候湿润暖和，便想在这里定居下来。于是找到这里的头人，花了相当的银子，买下了这片森林。

南京人文化素质高，也许就将地名冠之为“葳林”，意为树木繁茂的地方。随着时间的推移，心传口授，加之只从事农耕，“葳林”渐渐便写成了威宁，仅是推断，不足为据。但威宁寨的海拔均在1800米以下，是最适宜花椒生长的地方。所以它的品质好、价值高，栽植花椒的土地就显得十分珍贵，若灾后重建占了土地，今后何以为继，便成了大问题。这个大难题的解决，仍是党支部发挥了战斗堡垒和党员发挥了先锋模范作用。

紧接着，乡党委从外面引进了一个砂石材料厂，同时又组织党员、群众抢通了运砂石的道路，整个包谷垴才出现了车水马龙、如火如荼的灾后重建。

然而，在具体的工作中，还是有不少新的矛盾，随着重建工作的不断深入而突现出来。包谷垴的新平、青山和威宁寨、周家坪，绝大多数人家，因花椒多少有积蓄，拿出钱来修房子，不太困难，但也有较为贫困的灾民，既拿不出钱来，又缺少劳动力。党支部就把党员组织起来，先丢下自己的重建，先帮较为贫困的灾民重建。他们不仅出劳力，而且还先垫支一些买建材的钱出来，这还不算，党支部还经过研究，把贫困灾民排了队，集中优势兵力，帮助建完一家，又转移到下一家。不仅重建秩序井然，而且把党心、人心连在了一起，风清气顺，很快就把房子建起来了。到2014年底，就有210户，2000多人搬进了新居；2015年8月，凡统规自建的民房全部竣工，灾民都搬进了新居，到2015年12月16日，集中安置、统规统建的民宅也全部交付使用。

在包谷垴的灾后重建中，市县36个单位的包保干部，也日夜奋战在第一线，他们和灾民同吃同住、同忧、同喜。道路不通，他们便通过自己的各种关系，租来，甚至借来一些机械，日夜兼程抢修；公路通了，为了寻找水源，几乎跑遍了全镇的沟沟坎坎，深涧陡坡，由包保干部亲自押车，到20里外的地方运水，并按照实际需要，把水分给重建户；分水的原则，还是先照顾特困的受灾户，让这些多少有点自卑的农户，感到特别的温暖。地震，几乎把每家每户的水窖损坏了，大多不能蓄水，包保干部又带领群众，把一家一户的水窖修好。并买来或借来柴油机，往牛栏江里抽水，用消防车和油罐车把水从牛栏江边运到各家各户的水窖里蓄存好，以备用。我和农户交谈时，他们都异口同声地说道：那段时间，为了让我们2015年的春节在新房子里过，他们真正地做到了，有什么困难，就帮我们解决什么困难。只要找到他们，从不推辞，一呼百应，比叫自己的娃娃方便，共产党员和共产党的干部，真是我们灾民的贴心人啊！

王朝富是包谷垴社区的党总支书记。地震发生时，他就在大街上召开了总支会议，对每个支委做了分工，同时对每个党员明确了责任。

威宁寨隧道地处牛栏江边的悬崖下，地震时有三个村民从悬崖上摔下去了，他听到村民董宝学的呼救声，便带着人冒着生命危险，下到悬崖，找到被摔下去的三个村民，满身是血，遍体鳞伤，但还有点悠悠气，于是拼着老命，把3人抬到公路旁，前前后后花了一个多小时。这时，恰巧来了一辆救护车，从而使这3个村民得以痊愈、生还……地震后的6天6夜，王朝富和几个村支委没有在帐篷里睡过一觉，实在困乏了，就倒在地上，或靠在树干上打个盹，每天这样的休息，也没有超过3小时。8月9日晚，他终于昏倒在地，紧急送到县医院，直到第二天清晨才苏醒过来，但当他睁开眼睛时，觉得不对头，便问妻子道：“这是什么地方？”妻子说：“是县医院。”他便说：“你们把我送到医院来了，乡亲们怎么办？我占了医院的病床，伤员怎么办？”说着，毅然决然扯下输液管，起身就回到包谷垴地震灾区……

在灾后重建中，王朝富召开总支会议，定的一条规矩：就是先修高寒山区的灾民和特别困难农户的，党员干部和党员带头，就是我们不修，也得先修高寒山区的灾民和贫困农户的。这是纪律，不准违反。同时，得讲原则，讲公平合理，不能让老实人吃亏，更不能让奸狡、蛮横的人占便宜。他是这样说的，也是这样做的，充分表现了一个基层党总支书记的觉悟和党性。在包谷垴乡的花椒主产区，因为那里有温暖的气候，最适宜生长的土地和1800米左右的海拔，故人多地少，谁占有土地资源，谁就有可观的收入，以及利用灾后重建的机会，盖一栋高大、宽畅、漂亮且完全掩映在碧玉一般，绿荫之中的别墅。所以，有点积蓄，在村里有点社会地位的人，就想方设法扩大自己重建房宅的地盘，于是便通过各种关系和王朝富攀亲交友，想扩大自己的宅基地。但王朝富始终油盐不进，用共产党员的标准严格要求自己，不忘初心，不忘自己向群众做过的承诺，一律按原则办事，不能越雷池半步。否则威宁寨、青山、新坪、周家坪就会在转瞬之间变得支离破碎、满目疮痍。更为严重的是失掉民心，伤害了以善为德的老百姓，破坏了党在人民群众中的光辉形象。所以，任何领导，不管职务高低，他们只要记住党为人民服务的宗旨，把人民群众放在心上，他（她）就是一个高尚的人，一个脱离了低级趣味的人、一个有益于人民群众的人。王朝富和他的总支委，及那些普普通通的党员，就是这样的人，老百姓就需要这样的人。村民赵德勇是个特困户，其父亲、大哥、大嫂、大姐、大姐夫和妻子相继去世，一个人带着7个孩子和80多岁的老母亲一起相依为命。在灾后重建中，王朝富曾多次去他家，只要发现困难，不管赵德勇说不说，他都会为他排忧解难，所以他多次用自己的车，免费为赵德勇运输砖和水泥等等建筑材料；赵德勇没有钱买砂石料，他就想方设法筹借购买砂石料的钱；镇上、村里一有工程，他就必须介绍赵德勇去做，从而增加了收入，化解了困难。这样的事例太多了，这里不再赘述。

浦恩跃是包谷垴镇周家坪村的党总支书记，下辖4个党支部，全村有891户，3300多人。在“8·03”地震中，死了5人，受伤近百人。

周家坪村就在青山村和新坪村背后的山岩之上，除了不多的坪子外，全是山高坡陡的高寒山区。生存环境较为恶劣。891户有3300多人，除了和青山、新坪接壤的地方出产花椒以外，其他地方就只能种植苞谷、洋芋，经济林果只有核桃，村民生活窘迫。所以，家贫的浦恩跃从小便跟随家人到包谷垴街上租点房子做点小本生意，用以维持生计。而聪明，颇有悟性的浦恩跃，就是在家人和其他小生意人，推生卖熟，批发零售中，学到了不少的本事，成了周家坪让人刮目相看的致富能人。随着年纪的不断增长和资金的积累，又经过反复的考察、比对和思考，他开了一个煮酒的作坊。到2014年时，他煮酒的作坊便扩大到每天能出400斤白酒，苞谷超千斤，且有十个发酵池的酒厂。他于是冠名曰：包谷垴浦氏竹秧沟洞藏苞谷酒，甚至还挖掘历史，对他酿制的“包谷垴特产酒”有如此的商标描述：

包谷垴酒源于清朝中期，初为燕麦沟村的小酒坊，是一个外籍人自酿自喝的酒，原料取于当地的小黄苞谷，用甘洌的山泉水酿制。但尽管颇有品味，因其规模太小，没有形成商品。时逢鲁甸龙头山开采银矿，正处于鼎盛时期，加之产于东川的铜需运往永善进入长江水道，包谷垴成了挑夫、马帮和生意人落脚歇息的驿栈。从而促进了商贸和酿酒业的发展，这个喜酿喜喝的外籍人，便成了包谷垴第一个把酿酒作为产业、商品的开拓者。所以，他的生意越做越大，声誉远播，包谷垴的苞谷酒便成了一个品牌。从而成就了不少的酿酒专业户，浦恩跃便是其中的佼佼者。他年产苞谷酒30吨，且远销周围邻县，信誉颇高，都觉得具有古朴、柔和清冽、爽口的特性。

浦恩跃因为酿酒，便有可观的副产品酒糟，从而带动了他的规模养殖产业。那天，我和他交谈时，无意之中得知他每年饲养的200头猪，均供给包谷垴乡的中小学食堂，作为5000多学生营养餐的食材。对此，我十分激动，特别感兴趣，便从喂养、价格诸多方面对他进行了采访，得知他不仅向“学校订立了合同，还交纳了保证金”，并请了当地的两个村民作为专业饲养员，喂猪的饲料除了酒糟，还加了苞谷面和蔬菜，所以便能保证肉质的品位，且每斤为15.2元。几年下来，均没有出现任何问题，他也成为周家坪的首富，于是便在包谷垴买了一块宅基地，盖办公室和自己经营苞谷酒的门面，以及住宅。那天，他正在修房盖屋的工地上忙碌的时候，地震发生了，他首先看到的是自己租用的房子，在转瞬之间垮塌了。便觉得问题严重，周家坪的乡邻，大多数居住的房子均是土坯房，肯定也垮塌了不少，于是转身便向周家坪跑去，组织党员、群众开始了抗震救灾……浦恩跃此时想到自己是党员，又是总支书记，一定得把村民放在至高无上的位置上，所以，他完全把自己酿酒的作坊、养殖场和租用且被地震摧毁掉的房子忘记了，回到周家坪，做了自己该做的事情。而他干得最为精彩的一件事就是灾后重建……

周家坪子大多地方是二半山区和高寒山区，唯一的平地就是山岩上那块栽满花椒树和居住着百多家村民的小集镇周围，这里算得上是他们的黄金宝地了。该如何进行灾后重建，他召开了总支委员会和党员大会，决议就是只能在原宅基地上重建，不能占一星半点的耕地，更不准砍掉花椒树重建民宅，就连集镇的街道，也不能占用耕地，只能在原有的宅基地上想办法。为达此目的，唯一的办法就是由村委会整合所有的宅基地，再根据各家各户重建的面积，统一分配到各家各户自建。这样的结果，建街道的土地也有了，做到了既不占用耕地，砍伐成熟的花椒，又为国家节省了重建基础设施的征地费用，一举两得，利国利民。但具体操作起来，阻力很大，困难很多，就要求每一个党员，必须顾全大局，以身作则，起好先锋模范作用。

总支和村委会的这个决议一经公布，绝大多数的村民都积极支持拥护，觉得这个决定以人为本，既突出了灾后重建这个压倒一切的大事，又体现了民生关怀，让灾民的后续发展有了保障。当然也会让一些村民做出点牺牲，所以，在绝大多数村民拥护、支持的同时，也有少部分村民不同意，觉得集镇的街道，本来就该由国家出钱征地修的，何必占用村民原来的宅基地。这么大的事情，砍掉几棵花椒树也没有什么了不起的事，征地时，国家不仅要给征地费，还得赔偿花椒树。特别那些原来占有的宅基地就有些宽，现在统规自建，又用不了这么多的宅基地，白白地拿给国家不划算。浦恩跃一开始，就发动支委、党员挨家挨户地去做思想工作，希望村民不要图一时多了一些钱，而把以后发展的路堵塞了，到头来吃亏的还是自己。通过党员做了耐心细致的工作，干部和党员又带了头，绝大多数村民都认为总支和村委这样做，是为了绝大多数村民，他们不是为了自己，思想也就通了，配合包保干部把自己破损的房子拆除了。但有一两家，就是不拆，理由很简单，我家多余的宅基地不能白白地拿出来，该国家出钱征地，为什么要用我们的宅基地来抵嘛，就是要砍花椒树，砍了哪家的，就砍哪家的，跟我们没有关系。浦恩跃就说，先把房子拆了，占你多少宅基地修街了，你要多少钱，由我出！但你必须先把破房子拆了，不能影响全村的灾后重建。这些人想了又想，觉得浦恩跃是村里出名的大老板，他在街上自己修了房子，苦口婆心，奔走各家各户，为的还是大家老百姓，这样的领头羊，去哪点找嘛？最后还是拆了自己的房子，把宅基地交出来，让总支和村委会统一规划、安排。结果现在集镇新修的一条街，完全由老百姓从自己多余的宅基地中捐赠出来，国家没有花一分一厘的征地费。除了灾民的感恩和思想觉悟外，周家坪的支委和每一个党员的战斗堡垒和先锋、模范作用，才是最为重要的，老百姓正是从他们身上看到了中国共产党以民为本，把人民放在心上，一切为了人民，一切依靠人民，全心全意为人民服务的本质特征，从内心拥护中国共产党，并坚定不移地跟党走，这便是当今之中国，当今中国老百姓的精神追求和精神面貌。

小营新区，是包谷垴乡集中安置点一个典范，凡省市领导来巧家，小营新区是必看的，几乎所有的人都认为：在国务院批准全市规划建设的三个重点集镇中，小营新区是建设得最好的。革命老前辈万里曾说过：市长的主要任务是管理、经营好城市。现在包谷垴乡有了建得较为规范、功能也较齐全的小营新区集镇，借用万里副总理的话，亦可以说，包谷垴乡的乡长其主要职责就是管理和经营好小营集镇。现在通过灾后重建，包谷垴所有的党政机关都需搬到那里去了，其实党政机关的办公用房和公共服务设施都修在那里，并且完全竣工了，只待搬迁。

2017 年 5 月 17 日，我去了包谷垴乡，站在威宁寨上面的公路上，极目远眺，碧绿葱茏中，掩映着一栋栋橘红色的别墅式小楼和好几栋巍然耸立的高楼大厦，足有两三百栋，是那样醒目而和谐。党委书记何锡华便对我说：冬天，包谷垴气候寒冷，建筑选用了暖色调，就是在冰天雪地里，给人的感觉也是温馨，能让人一年四季的心情都是舒适而惬意的。我便频频点头，觉得他们用心良苦，良好的生活环境可以提高人们的幸福指数，更可以在潜移默化中，陶冶人们的情操，提高人们的素质。何锡华便告诉我说道：那就是新建的小营新区。在小营新区监委会主任汤光佳的引领下，我们去了小营新区。

汤光佳这个 40 多岁的汉子，在包谷垴是一个充满传奇色彩的共产党员，村监委主任。地震那天，自己的房子垮了，他只轻描淡写地叫妻子好好招呼好家人，便转身投入到抗震救灾的行动之中。晚上，当外面的救援队伍在第一时间赶到包谷垴乡时，汤光佳他们已把灾民疏散到了安全的地方。以后，他又和其他的党员，赶到受灾最严重的红石岩村，用他的话来讲，几千里外的解放军都赶来了，我们和红石岩相距不远的乡邻更应该赶过去。在红石岩村的十天十夜时间，他每天只能随便在路边、树下，勉强靠着睡上三四个小时，就帮着灾民搬运救灾物资，运送伤员。直到抗震救灾取得阶段性胜利后，他拖着疲乏的身子回到自己的废墟上。妻子对他说：我们的房子也垮了，你也乱够了，下步该怎么办呢？他回答说：你不要慌，旧的不垮掉，新的不来，你信不信，政府很快就会核实灾情，启动灾后重建，最多今明两年，在党和国家的帮助、扶持下，我们一定把新房子建得更好，垮掉的是土坯房，新建的是钢筋水泥房，一下子就可以从糠箩跳进米箩了……

果不其然，当年9月底，巧家就拉开了灾后重建的序幕，紧接着，经国务院批准，要新建小营小区，使它成为包谷垴政治、经济、文化的中心。更让他感到激动而荣幸的事情，乡党委、政府把这个艰巨而光荣的任务交给了汤光佳。从那天开始。他夜以继日，只用了348天，便完成包括征地、重建的光荣任务，让人们瞠目结舌，都说他是用命拼出来的。

根据规划，小营新区占地220亩，即是说，需新征土地220亩，在中国，这是天下第一难事。因为土地是农民赖以生存，最基本且是须臾不可离开的物质基础，没有了土地，他们就不成其为农民了，今后何以为继啊？要解决这个难题，包谷垴乡党委，只能依靠党的基层组织和党员，舍此，这件事关灾民今后生存发展的规划和决策，就只能纸上谈兵。很快，具体的征地政策也就出来了，地价为每亩3.6万元，在规划设计区域内，凡征用农民一亩土地的，卖给宅基地60平方米，价格和征地价格相同；征用1—2亩的，卖给宅基地90平方米；征用3亩的，卖给宅基地120平方米；征地3亩以上的，卖给宅基地150平方米；超过5亩的，再加60平方米。即是说，农户若被征用了5亩以上的耕地，他拥有的宅基地就是210平方米，当然，享有此机遇的，只有在小营新区规划、建设范围内的农户。

在这样的政策下，农户的心还是较为矛盾的，最大的担心就是没有了土地，以后用什么来维持生活。汤光佳就带着党员，一家一家去做思想工作，说得最多的话，就是这个地方天寒地冻，土地贫瘠，只能种点苞谷、洋芋、豆子等粗粮、杂粮，苦死苦活，只能勉强填饱肚子。以后新的集镇修好了。包谷垴的所有党政机关、学校、卫生院、商铺都搬上来，很快就会很热闹，就是做点小生意，也可以勉强过日子。多余的房子租出去，每年便有固定的收入，生活是不成问题的，并且是住在美丽乡村中的别墅式房屋里，以后的日子，真是芝麻开花节节高了。以后，镇上还要引导大家发展乡村旅游，用此吸引全国各地的游客到这里来游玩、消费，好日子就很快到来了。村民便想：汤光佳他们说得有道理，包谷垴凡发家致富的村民，都是依靠原来的老集镇赶集时，做小生意起家，慢慢发展起来的。有些机灵的人，除了自己种花椒外，还到其他的地方收购花椒来集市出卖，有了这个崭新、漂亮的集市，日子肯定过得下去。大多数灾民，都认为乡党委是处处为灾民着想的，很快就按统一的政策，把自己在规划区中的土地让政府征用了。但也有少数的，特别是在新区中心位置的农户，打起小算盘，就是推三推四，不愿政府征用自己的土地。聪明的汤光佳知道他们心里想些什么，但又不点破，只能低三下四地做疏导工作。有个叫史金国的农户，他的耕地就在欲修新镇的中心地带，他坚信，自己不同意，这个新区就建不下去。汤光佳不改初心，便天天去缠着他，真是苦口婆心，而史金国却索性离家出走，躲着不见他，就连手机都关掉了。而有着钉子精神的汤光佳，却锲而不舍，通过他的亲朋好友，知道了他的落脚处。于是他便对乡领导说：你们在工地上等着，不管跑到哪里，都要找着他，并继续做他的思想工作，他一旦有所松口，我就及时给你们打电话，你们接到电话，就丈量土地、画线、动工，不给他留下任何后悔的机会。那天晚上，汤光佳终于和史金国联系上了，通过唇枪舌剑，又情真意切的谈心，史金国终于有所松口，还不等他提出苛刻的附加条件，汤光佳便用手机给何锡华打了电话说：史金国已经同意，可以动手了。此时已过午夜，在现场的人，又怕他反悔，于是拿上手电，就拉线的拉线，撒石灰的撒石灰，丈量的丈量土地后，便开始挖掘排水沟，留出主通道的位置。到第二天黎明时分，小营新区的征地总算画上了一个圆满的记号，此时，已是2014年底，这220亩土地的征用，整整用了近100天。

征地拉开序幕时，汤光佳杀了一头净重超过500斤的肥猪，乡上在这里征地和做其他事情的人，超过50个人，于是便在他家搭伙吃饭。一天三餐，多的时候，有七八十人，少的时候，也有三四十人，征地结束，汤光佳的这头肥猪全被吃光了，每顿饭还有蔬菜和粮食，他这里成了机关的伙食团。直到这时，书记和乡长才发现这一百天的伙食全由汤光佳开支的，岂能白吃，应该算算账。但汤光佳摇摇头说：为了征地，大家聚在一起当然得吃饭，我的家就在小营的集镇上，很方便，就算我做贡献了。乡上领导不同意，仅是那头500多斤的肥猪，价值就超过7000元……说来说去，汤光佳收了一万元的伙食费，但他却为做了这件有意义的事，而感到特别的欣慰。

随着新区的开工建设，各种人员便在转瞬之间涌入小营，受到征地时开伙食的启发，汤光佳便花了4万元左右，在自家的菜地上，搭建了一个活动板房，又买来炊具和桌子、椅子，开了新区第一家饭店。十天开张后，从早到晚，顾客盈门，从不间断，到2015年3月，他的纯利润就接近15万元，盖房子的钱也就有了。以后，他又在自己的房子上加了一层，随便装修后，开起了旅社，2015年底，除去投入，汤光佳的饭店、旅社为他赚来了整整25万元，其关键，就是他紧紧抓住了灾后重建，各路来的工人须吃饭这个机遇。

我和汤光佳坦诚交谈，又在他的引领下，去了几家农户家，他给我的印象就是坦诚，有经营头脑，且装不住话，总想一吐为快。所以，几乎所有的村民都知道他在2015年，仅凭开饭店和旅社就赚了25万元。于是便对他嫉妒生恶言，说这个小营新区就是为汤光佳建的，无利不起早，不怪他上蹿下跳这么积极，如此等等，众说纷纭。这些闲言碎语，不管善意和恶语，汤光佳均一笑了之，没有放在心上，相反觉得这些人，自己起早贪黑地劳苦，看不见，赚了钱了就说东道西。于是，我便对他说：所有的人都像你这样，能用新区这个环境和机遇苦点钱，让自己过上好日子。但是大多数人都缺乏胆气和见识，承受不了任何风险，加之财力有限，无法拿出太多的资金做垫本。况且又不能你做什么生意赚了钱，也叫他们跟在你背后开饭店、旅社嘛，若是这样，你能抓住机遇赚钱，也许其他的后来者，就只有亏本了。现在这个机遇随着新区的建成，需吃饭、住店的人走光了，就再也没有这个机遇了。我们要做的事情，就是创造条件，形成新的机遇，从而促进产业的发展。他频频点着头，说道：我们现在最为苦恼的事情，就是守着这个十分漂亮的小营新区，一筹莫展。所以，几乎全部的村民都希望镇上的所有机关，赶快搬上来，一旦成了政治、经济、文化的中心，自己多余的房子就可以租出去，自己也可以开饭店、旅社，或者做点其他的生意。我拭目以待，但愿他们的美梦成真……

那天，我去了一个叫史金兰的村民家里，她40多岁，前几年，丈夫死于车祸，她带着一对儿女相依为命。大女儿汤友梅去年考入湖南湘潭大学行政管理专业，儿子汤友祥现在县城巧一中读高二。她告诉我，每月她都得想方设法给女儿和儿子各寄600元的伙食费，每逢新学期，女儿的学费加上书籍费、住宿费，就必须寄2.5万元去，儿子的各项费用加起来，也得四五千元。现在新学期很快就要来了，这笔钱往哪里来，她常常愁得夜不能眠。这两年，加上修房子，两个娃娃的书学费、伙食费，已经欠下19万元的借贷债务。

史金兰新修的房子，当街有两个门面，是两层半的建筑，后面建有的两间卧室，和其他诸如储藏室、厨房、猪圈形成了一个四合院。当街的两个门面租给别人做生意，一年的租金7000元，仅能勉强维持儿子的生活费。我对她说，这么大的两个门面，怎么才7000元，太低了。她却说：现在没有什么生意，最担心的事情，就是怕别人不租了，退了房子，不知到哪点去找娃娃的生活费啊？我问她家里有没有花椒树？她说：我们这里的海拔超过了2000米，栽花椒树不行，不仅结籽少，而且品位不高，只能种苞谷、洋芋。我就对汤光佳说：这个新区不仅有小学，还有中学，你能不能把这些特别困难的农户组织起来，成立一个种植蔬菜的合作社，专供中小学，形成定单农业，这样可使一两百家农户有了固定的收入，除去成本，每家可收入3000—4000元。但需党委、政府出面主导、协调、联姻，同时还得物色一两个能人当社长，否则，只能限于空谈。当然，这件事比起征地、重建，便小巫见大巫，只要愿意做，是能为一些贫困农户解决不少燃眉之急的。汤光佳很愿意做这件事，我预祝他成功，更希望史金兰加入到合作社中来，让两个娃娃顺利完成学业，成为国家的栋梁之材。

小营新区，不仅有规模，而且是一个基础设施完善，功能特别齐全，在全市我见到过的新建小区中，是首屈一指的，同时，小营新区还接纳了红石岩失去生存环境的33户集中安置的灾民，让它多了一份特殊的温暖。加之包谷垴的党政机关很快就将搬到新区，从而成为巧家东大门政治、经济、文化中心，这是毋庸置疑的。宽畅的大街，碧绿欲滴，郁郁葱葱的行道树，橘红色而错落有致的一幢幢、一排排中西合璧的建筑掩映其中，是那样的协调、明快而醒目。在小区的最高点，修有敬老院，大门进去，左边巍巍然矗立着的是，建筑面积有5236平方米的主楼，它拥有180个床位。在主楼的对面，是建筑面积达到637平方的餐厅和厨房，外面建有齐胸那般高的栅栏，以后将栽上蔓藤植物，鸟语花香，环境宜人。大门迎着的是植被葳蕤的山峦，整个环境确实是颐养天年的好地方。它的总投资接近1800万元，中央投资188万元，上海慈善总会捐赠了1378万元，余下的200多万元，均由社会捐赠。

敬老院的大街对面，是包谷垴卫生院，它的建筑面积3100平方米，设有床位30张，目前有医生16名。我去时，正是接待病人就诊的时间，住院部没有病人，门诊却络绎不绝，输液大厅里，椅子上坐着十多个输液的病人，大多是幼小的孩子和上了点年纪的老人。卫生院的院长毕业于昆明医学院，他已在这个卫生院工作了近十年。他告诉我说，乡镇一级的卫生院，绝大多数都是常见病、多发病的患者，以门诊为主。他们虽设立了外科手术室，却没有病人，来就诊的大多数患者都是外伤型的病人，没有大手术的患者。所以，乡镇一级的卫生院，留不住医生，特别那些病情复杂，需施行大一点手术的病人，都到县级医院，甚至去市级医院。所以，他们学到的医疗技术，在这里没有用武之地，几年下来，就荒疏了，没有实践的机会，永远都是乡镇一级水平的医生。我说：医改的方向，是分级治疗，这样也许会改变中心城市治病难，而农村卫生院却难以为继的状况。他笑了，说道：这是我梦寐以求的结果，而医疗又是一个实践性极强的职业，见多识广，实践出真知。这样一来，既解决了城市治病难的问题，又让我们有了施展才华的机会，乡镇医院的业务必然增多，就留得住经过大专院校培养出来的医生。

包谷垴现在以西医为主，还没有开展中医业务，其原因是他们院里的中医医生还没有经过严格考试后的行医证，故没处方权。所以，给我的印象，偌大的医院，似乎有点空空如也，我去了诸如接诊室、药房、化验室等科室，都很清静，任何一个地方无须排队。在乡镇一级的医院，也许是一个带有普遍性的问题，如何破解它，期盼的就是如何分级，且又能贯穿始终，乡镇一级的医院必然如鱼得水，从而减少社会资源的浪费。

距离卫生院不远的地方，便是党委和政府的办公大楼，现在只有派出所搬过去了，其他的机关，也许下半年方可启动，等待他们的将是任重道远的考验和砥砺。好在包谷垴乡的党委书记何锡华是个有头脑、发展思路十分清晰，而又脚踏实地干事情的基层领导。当他代表包谷垴乡，乃至巧家和昭通全市，在人民大会堂的主席台上，双手接过中央领导授予的“全国先进基层党组织”的奖牌时，他强烈感觉到的既是一份荣誉，又是一份沉甸甸的责任，它包含着中央对包谷垴乡党委的厚望，就是奋发有为，让每家每户的灾民过上美满幸福的生活。

那天，我刚刚过了天生桥，何锡华早就等在那里，他笑容可掬地迎上，笑眯眯地说道：我站在这里，就想请老师沿途看看新坪、青山和威宁寨灾后新建的民宅和满山遍野的花椒树。我频频点头，欣然答应，并说道：我这次来采访，一个关键的问题，便是灾民搬进新房子后，用什么产业帮助他们可持续发展，过上美满幸福的生活。何锡华便告诉我说：包谷垴乡的村民，不少的人善做生意，以后小营新区成为政治、经济和文化的中心后，那时一定比现在的集镇人口多、功能全，这样就可为这些人提供施展才华的环境，创造做生意的条件，我们乡现在好几个实力强的老板，就是靠推生卖熟和买卖小商品以及花椒、蔬菜起家的。

车转过几道弯，眼前便闪出一个偌大的坪子，所谓坪子，就是在逶迤、磅礴大山之中的一块平地，昭通人便称它为坪子。这个被公路分成两块的坪子，足有万亩，它的上面是新坪和青山两个自然村，下面便是威宁寨自然村。它得天独厚，海拔从下到上。就在1000米至1800米之间，恰是花椒生长的最佳海拔高度。若超过2000米，便属二半山区，花椒树因受地理环境和气候的影响，除了生长缓慢外，还结籽少，且成熟不完全。从而使得花椒的品位就不好，在市场上就没有什么竞争力，甚至卖不出去。海拔低于1000米，就处在干热河谷地带，它也不适合花椒的生长。所以，新坪、青山和威宁寨上千家灾后重建的别墅式小洋房，全掩映在碧绿玉翠的花椒树林中，放眼看去，万绿丛中时而点缀着一点点红；时而又镶嵌着一点鹅黄和青灰；时而又是一抹抹白色，整个的新坪、青山和威宁寨，俨然成了大画家的一幅传世绝作，让人的心灵受到震撼。山风轻拂，送来的一缕缕花椒特有的清香，沁入肺腑，让人心旷神怡，久久不愿离去……

我问何锡华：这3个自然村，有多少亩花椒树，除此之外，还有其他的经济林果树吗？他不加思索，随口就十分肯定地说道：有4800亩，其中青山2300亩，新坪1300亩，威宁寨1200亩。除了村民房前屋后有少许的果树外，几乎没有什么杂树。你再往花椒林中看去，就连菜地都看不到。我又问他：村民不种粮食和蔬菜，他们平时吃什么？何锡华说道：粮食和蔬菜，包括肉食，全是买的，你想想，在这3个自然村，一亩花椒，就是一般人家，收入也是六七千元，特别拔尖的人家，一亩花椒可收入1万元多，甚至超过2万元。若种苞谷、洋芋，苦死苦活，一年也无法挣到1000元，这些栽花椒树的村民，家家都有存款，少数的人家，一年有收入10多万元的，甚至有超过20万元的。他们当中，除了种花椒，还买卖花椒，赚的就是中间差价。所以，我们党委、政府要想方设法，竭尽全力，把包谷垴小营新区打造成花椒的集散中心。我们决心通过良好的经营环境，优质的服务，把周围，甚至邻县的花椒交易都吸引到小营新区来。若通过努力，把这个设想变成现实，小营新区便会很快热闹起来，那里的住房，特别是门面就很快升值了，同时还能促进第三产业的发展。我听后，觉得何锡华的想法不是空穴来风，比较现实，我祝愿包谷垴美梦成真。那么史金兰就不会为一对儿女的书学费和生活费而心力交瘁了。

以习近平同志为核心的党中央，之所以把“全国先进基层党组织”的殊荣授给包谷垴乡党委，就是他们在地震灾害突然袭来之时，基层党组织这个坚强堡垒没有被震垮，广大党员挺起的脊梁没有被压弯，他们用人民至上，一切为了人民的实际行动和无私奉献，证明了自己是特殊材料铸就成的人。在灾后重建中，他们更是狠抓思想落实、组织落实、工作落实，始终凝集在鲜红的党旗下，只用了短短的一年时间，就让所有的灾民欢天喜地搬进了新居。我相信；包谷垴乡的党委、政府一定能管理和经营好小营新区，不仅把它建设成优质花椒的集散中心，更能保留住那里的青山绿水，使整个新区变成一个生态大花园，从而繁荣美丽乡村的旅游，让每个村民都过上幸福、美满的生活。

包谷垴的红石岩村，坐落在牛栏江大峡谷，它四面环山，村子前面就是奔腾咆哮的牛栏江，它属于较为偏僻、贫困的干热河谷地区。“8·03”地震，造成红石岩村194户，1389人无一幸免，土坯房全部倒塌，导致38人遇难，2人失踪，150人受伤。

地震发生时，总支书记蒋先林正召集“三委”会，突然地动山摇，并传来一阵阵轰隆隆的巨响，知道灾难降临了……蒋先林急忙疏散了开会的成员，跑到屋外，看到的是村民的房子在转瞬之间垮的垮，塌的塌，灰尘滚滚，天空一片黑暗。烟尘散去之后，幸存的村民哭成一团，茫然不知所措，十分凄惨。昔日安宁、静谧的村子山河破碎，一片狼藉……

蒋先林没有半点犹豫，除了及时向乡党委做了汇报后，在空地上召开了紧急会议，第一时间，投入抗震救灾的生死搏杀中……第一件事情就是把支委和党员组织起来，先把惊慌失措的村民转移到安全的地方，同时施救被埋在废墟中的村民。这时，蒋先林听到了呼救声，便循声跑过去，开始了救援，突然儿子哭着跑过来，告诉他说：家里的房子垮了……他没有顾及儿子的哭诉，更没有理会儿子的恳求，而是不顾一切地救人。他和几个乡亲便很快刨出两个被埋的人，同时又救出了5名重伤员，这几个人必须转移出去，并送往救治站，否则会有生命危险。但是通往外界的道路完全阻断了，并且震后的山岩还在不断地塌方和滚石，轰隆隆、震耳欲聋。他无法顾及这些危险了，立即组织共产党员，冒着生命危险，先把伤员转移到外面的公路上。终于在地震发生后两小时左右，他带领党员，先把这7个人转移到龙头坪的公路上，使他们得到及时救治……

蒋先林从8月3日到5日，三天三夜没有吃饭，直到6日的凌晨，实在无法支撑的蒋先林才倒在地上，睡了两个半小时。

蒋先林担任基层党组织的支部书记、总支书记先后14年，心里始终装着一个共产党员的义务、责任和使命，始终把群众的利益放在最高的位置。真正做到了哪里最危险，哪里工作最繁重，哪里群众最需要，灾情最严重，他就出现在哪里，战斗在哪里，从而赢得了群众的支持和拥护。

蒋先林说：地震震垮的是大山、房屋，却震不垮我们的脊梁。抗震救灾取得胜利后，他又开始繁重的灾后恢复重建，时间紧、任务重，寒冷的冬天马上又要到来，党总支的决心是不让任何一个灾民受冻，必须让他们能够过上一个温暖的冬天。要达此目的，不但组织、发动党员起好先锋、模范作用，和村民小组长共同发力，同时还组织了互帮互助组、技术指导组，群策群力建新居，从而使红石岩的灾后重建，一开始就有序、快速地推进。

红石岩河边村，已被堰塞湖淹没，必须易地搬迁安置，但老百姓却不愿离开祖祖辈辈繁衍生息的土地。于是，只能在就近的营盘小组征地。但是，在征地过程中，却困难重重，人均耕地不到一亩的红石岩村民视土地为生命，都不愿意自己的土地被征，他们担心土地被征用了，今后何以为继呢？蒋先林就带着支委、党员，一家一户地去做思想工作，晓之以理，动之以情，一次做不通，又做第二次、第三次……直到同意并签字了，才高高兴兴离去。其实，大家都有困难。但说到底，无家可归的灾民比谁的困难都大，地少了，只要有党和国家在，就会有办法解决，而寒天冻地之中，一些灾民却无立锥之地，于心何忍啊。精诚所至，金石为开，受到感动的其他灾民，纷纷伸出援助之手，都愿意为党总支排忧解难，用自己有限的热量去温暖别人，真是感天动地，从而使灾后重建得以顺利实施。

蒋先林觉得自己虽是一个极普通基层干部，但肩上同样担负着崇高的使命，在因灾难造成的困难面前，许多灾民在等着我，需要我，只有我们走到了他们面前，受灾的群众才有了依靠，才有了主心骨，才看到了希望。我们每个党员，不能让老百姓失望，要发挥一个支部就是一座堡垒，一个党员就是一面旗帜的作用。只有这样才能让红岩村的一千多老百姓，从灾难中巍巍然站立起来，用自己勤劳的双手，去创造美好的明天！

老店镇几乎在昭通中心城市到巧家县城的中间位置，距离都在 70 多公里。当年，东川的精铜取道蒙姑，运往永善的莲峰，下到金沙江水道上船，我认为必经老店，且是漫漫长路上的一个极为重要的驿站，故而成了挑夫、马帮不得不住的“老店”，其繁华、热闹可想而知。在我的想象中，宽畅的大街两旁，木框架的楼房鳞次栉比，客马栈、酒店、饭馆和茶铺肯定一家接一家，甚至还有烟馆、妓院和镖局。街上，充塞着南腔北调的客商，行人如织，叫骂嬉笑声、吆喝声、划拳声，此起彼伏，让老店成了不夜城……所以，在老店不知留下了多少悲欢离合、爱恨情仇的故事，让人去玩味、去挖掘、去歌颂、去鞭挞……

现今的老店镇，有国土面积430平方公里，4.3万多人，却有森林25多万亩，森林覆盖率高达45%，故山清水秀，气候温和。

地震时，全镇17个村不同程度地受了灾，被国家划为重灾区，有24人受伤，需紧急转移的安置人口8110人。房屋倒塌，严重受损的3091户，涉及13214人，其中倒塌1721户，受灾7274人；严重受损的1370户，灾民5940人；一般受损的7365户，受灾30484人；村组公路175公里，水窖受损750个，若干沟渠和管网均不同程度受损，不能正常使用了，镇村社机关办公楼和公共设施亦不同程度受损，需拆除重建，导致直接经济损失3.88亿元。

2014年9月中，根据县委、县政府的统一安排，老店镇启动了灾后重建，其中恢复重建3091户，特困户600家，城镇8户，修复加固为7365户。2015年12月31日，重建和加固的一万多户已全部竣工，并全部通过验收，兑现补助资金16647.5万元，元旦后，灾民前前后后，陆陆续续搬进新居，实现了2016年所有灾民都在重建或加固的新房中过春节的目标。

在灾后重建中，老店镇共有尹武社区落水洞和沙坝两个集中安置点。落水洞集中安置点73户329人，采取统规自建的方式，而沙坝集中安置点的32户102人，则采取统规统建，两个安置点均在2015年12月底前竣工，水、电、路、厕所等公共设施亦同步完成。

尹武社区落水洞的几十家村民，均分散在海拔2260米的高寒山区，所有的住宅都是土坯房，未地震前就属4D危房。这里山高坡陡，气候恶劣，故只能出产苞谷、洋芋、豆子等粗杂粮，经济收入单一，不管怎样劳苦，都只能勉强解决温饱，严格地说，这里已经丧失了生存的基本条件。在灾后重建中，通过包保干部和乡镇各级领导做了认真细致的思想工作，并多次召开了村民大会，最后统一了易地搬迁的思想。但是，这几十户人家的集中安置，在峰峦叠嶂、斧砍刀削的悬崖峭壁上，到哪里去找一块平地啊！包保干部、村社干部一起，几乎走遍了尹武境内的山山水水、沟沟坎坎，费尽移山心力，终于在夏家箐找到了能安置几十户人家的偏坡坡。他们又用了十多天的时间，顶着秋老虎的酷热，挥汗如雨；淋着大雨，踏着泥泞，坚持在安置点丈量土地。晚上回到村上，又在电脑上做规划设计，反复推敲、反复修改后，才到村民中征求意见。村民几乎没有人看得懂这些线条组成的规划设计图，心里便没有数，故不明确发表自己的意见，肯定地表个态。包保干部和村党支部的成员，就拍着胸膛说道，你们放十二个宽心，我们敢保证，你们未来的房子只会越修越好越漂亮；你们的日子，也会越过越好。之后，包保干部和村“三委”的人员，又多次走村串户，去到各家各户，和村民谈心，描述未来小区是一番什么模样。村民听了，都很兴奋，觉得原来的尹武小集镇街上，到处都是猪屎、牛粪，臭不可闻，不堪言说。下雨天，泥泞没脚背，要到街上来，非穿半筒水鞋不行，很多村民没有水鞋，只能打着赤脚，那种艰难，不堪回首。以后的新区搬到夏家箐，简直糠箩跳米箩了，犹如就在梦中，包保队员和村干部见村民的思想通了，且积极响应搬迁。包保干部感到自己有了成就感，便欣喜地说道：你们到了安置小区，不仅住上了漂亮的别墅式新房，过上好日子，还得让你们记住乡愁。村民没有听懂乡愁是什么意思，便笑眯眯地说道：过上幸福、美满的生活了，哪里还会有忧愁吗？包保干部和村干部便解释道：乡愁不是忧愁，你们搬到新建的村子了，还看得到你们熟悉的青山绿水，还记得你们逢年过节，虽没有太奢华的山珍海味，但一家人围在一起，其乐融融的幸福；还记得邻里之间那些美好的故事；还记得上山放牧，摘野果、捡菌子，到溪流里洗衣、戏水和捞鱼摸虾，这些就是乡愁……村民听了，便欢笑起来。

小区建好了，老店镇又为他们修了通往外界和各家各户的硬化路，又修了活动场所，这样的安置点真是又舒服、又安全，老百姓便说：我们真是一跤跌进了福窝窝。夏家箐安置点山清水秀，鸟语花香，很适合人居住，他们就想打造观光旅游的农家乐和种植辣椒、黄花菜作为自己过上好日子的产业。其实，老天对人的眷顾是公平的，凡有人居住的地方，都有人赖以生存的自然条件，关键的问题，就在于人们如何把握和开发利用。江南阡陌纵横、物产丰富，江湖星罗棋布，蟹肥鱼壮，景色秀美，是天赐的鱼米之乡。加之历史文化厚重，自古教育就十分发达，江南便是出才子佳人的地方。从武则天开科取士的1000多年里，半数的状元、榜眼和探花都出自江南。民国到现在的百多年间，中国的文化、科技巨匠和专家、学者，也有不少出自江南。但却没有什么矿产资源，而这些取之不尽，用之不竭的矿产资源又恰恰出于云贵高原、青藏高原和新疆、内蒙古、陕甘、东北较为贫瘠的地方。天道忌盈，老天给了你这样，就不会再给你那样，所以，昭通人便说，天生一棵苗，必有一颗露水珠。所以，根据尹武夏家箐的实际，就把辣椒和黄花菜作为产业，镇上还从市农科所请来了专家、技术员和行家里手，到田间地角培训村民的种植技术，还为他们搭建销售平台并引进扶持资金。所以，2016年，在小石岩、关村两个村民小组试种了13亩，每家参与试种的农户，还享受每亩300元的推广补贴。更让村民欣喜的是，那些投资企业还为试种的村民无偿地提供肥料、地膜和籽种。

黄花菜是多年生的草本植物，新鲜和采摘晒干后，是做三鲜汤和烹饪鸡汤、肉汤的配料，其味香甜可口、其妙无穷，在酒宴和餐桌上颇受人们的追捧。昭通干货市场上的黄花菜，都是往四川进来的，昭通本地似乎没有农户种植它，现在夏家箐的村民种植了，便补上了这个缺失。黄花菜种下三年以后进入盛产区，每亩可收入5000—8000元，当然要达此目的，必须要按规范种植，精心管理，任何收获都是用辛勤的汗水换来的。任何人，只有通过艰苦的劳动，才能换来美满、幸福的生活，靠投机取巧，可以蒙骗一时，却会毁掉自己的一生，这是颠破不灭的真理。我衷心祝愿尹武夏家箐安置点的村民，通过符合自己的产业发展，致富的道路会越走越宽畅，越走越幸福，越走越滋润。

坐落于老店镇治乐村的巧家大丰种养殖农民专业合作社以服务社员、谋求全体社员的共同利益为宗旨，以农民为服务对象，主要业务为漂浮育苗，发展农业基础设施，规模化、标准化的蔬菜栽培及销售，同时进行中草药幼苗组培、种植及销售等等。现已吸纳社员108户，已流转土地1000多亩，曾获得巧家县中央财政支持现代农业生产发展蔬菜产业项目扶持资金400万元，从而推动了合作社的发展壮大。

目前，合作社构建起了“基地+农户+市场”的产业链经营模式，用特色产业带动灾后重建的村民劳动致富。2017年试种白芨800亩，番茄80亩，辣椒500亩，预计总收入230多万元，利润突破90万元，到2019年，可实现137户灾民388人脱贫，并过上无忧无虑的小康生活。

大丰种养殖专业合作社决定在昭通市成立中药材科技股份有限公司，主要推广种植、加工中药材白芨，并工业生产白芨胶、白芨饮片和白芨保健系列商品。到2019年，推广种植白芨15000亩。计划到2020年后，种植白芨达到2万—2.5万亩，系列产品相继上市，预计实现销售收入30亿—35亿元，上缴税金4.5亿—6.5亿元，实际用工4500—5000名，可带动1.5万户到2万户村民致富。

其实，之前大丰种养殖专业合作社就已经成立了“枢康中草药种植有限公司”，注册资金为2000万元，从业人员86人。其中教授5人，专业技术人员16名。专注于中药材白芨的引种、组培育苗、种植环境条件选择、技术推广。截至2016年，已在巧家老店镇治乐村，成立了专业合作社，建成了1500平方米的组培室并开始了运行。年组培白芨幼苗5000万株，可种植5000亩。该公司的技术实力雄厚，与云南省农科院、云南农业大学、云南省中医学院建立技术联盟及科研成果转换。现为云南农业大学科研合作基地和成果转化基地，云南省中医学院本科生实践教学基地。合作社采用“公司+基地+农户”的经营模式，带动当地村民增收，使4000多户村民脱贫，既有较大的经济效益，又有让人感慨的社会效益。那天，我在县委宣传部部长孙丽萍和老店镇党委书记朱纲的引领下，专门到治乐村白芨组培室参观。

在组培室大门外的田野里，已种植有各类蔬菜和白芨，在阳光雨露的滋润和社员的精心栽培下，各种植物生机勃勃，长势极好，让人感慨万端，从而领略了现代农业的韵味。进到组培室，见到的忙碌的社员，大多是青壮年男女，他们动作敏捷、熟练，训练有素，我问他们道：你们都是治乐的村民吗？他们的回答十分肯定，并告诉我说：在组培室工作，需要一定的技巧，且要有认真负责的工作态度，属技术活路，全村有60名社员在这里工作，每月的工资可达3000—4000元，比在外打工收入还高，又不受风吹雨淋太阳晒。我又问：这里还有没有不是社员的村民在这里打工。他们给我的回答是有，但数量不多，干的都是杂活，报酬也没有我们的高。

在车间里，我看见几个女社员，她们戴着薄薄的手套，在面前的盆子里拿起有三五寸长短的白芨幼苗，用镊子剔剥幼苗的根系，除去杂质，保留健壮的根系，并使之疏朗，然后装入盛有营养液的瓶子，密封后，再一盘盘装好，垒在外面的空地上。我想这也许就是漂浮育苗，不怪偌大的空地上，堆积如山的都是同样规格的瓶子。

在大门外的空地上，是松果的加工场地，即把采集完松子的空壳，用粉碎机碾碎，在种植白芨的地里铺上松果碎屑，其作用是通风滤水，始终保持着白芨生长的有利环境。若粗放式栽培，它的根须不发达，产量便会受到极大的影响，这就是现代农业。

白芨又名为连及草、甘根、白给和朱兰、紫兰、紫蕙、百笠等名，三年成熟后，采摘其草本球根块茎。植高 18—60 厘米，主要分布在中国、日本以及缅甸北部。花期主要在春季，因受环境和气候的影响，晚至初夏开花，色有紫红、白、蓝、黄和粉等。它有兰花、蕙兰的高雅、名贵，故让人赏心悦目，使之不仅有较高的药用价值，而且有极其吸引眼球的观赏价值。可做盆栽，摆于书房或者客厅，不仅能增色不少，而且显出高雅的品位。若栽于庭院、花园，每到绽蕊、斗艳之时，必吸引游人争先恐后，先睹为快也。

白芨的初生假鳞茎呈圆球形，生长到一定程度便形成 V 字形块状假鳞茎。有叶 4—6 枚，呈狭长圆形或披针形，长为 8—29 厘米，宽 1.5—4 厘米，先端渐尖，茎部收狭成鞘并抱茎。花序有 3—10 朵花，常不分枝或极罕分枝，花序轴或多或少呈“之”字形，曲折弯屈，花大，极富观赏价值。花期多在孟、仲之夏，果期则覆盖整个秋天。白芨的花粉呈伏状且不易散开，所以在授粉上较为不易，从而导致白芨之名贵，其药用价值更是让人们瞩目，它用于收敛止血、消肿生肌，故成为不可或缺的良药。

据李时珍的《本草纲目·草》“白芨”介绍：“其根白色，连及而生，故名白芨。”

夏秋两节采挖，除去残茎及根须，洗净，用沸水煮至无白心，除去外皮，晒干，切片生用。它能收敛止血、消肿生肌，多用于咳血吐血，外伤出血，疮疡肿毒，皮肤皴裂，肺结核吐血，溃疡病出血等。

《神农本草》也载：“主痈肿、恶疮，败疽伤阴死肌、胃中邪气。”

“气味苦（根），平，无毒。”

白芨除了良好的医疗效果外，它还非常适宜制作化妆品、保健品、食品，特别可供出口。

由于白芨的市场扩大，日趋繁荣，需求量极大，人们疯狂采挖，导致野生资源的枯竭。随着用途的一再扩展，需求量一路飙升，年用量超过 1 万吨，而目前年产量只有 0.5 万—0.7 万吨。国际市场则每年需求 10 万吨，年产量共有 7 万吨，尚差 3 万吨，因此价格一直上涨，为巧家提供了广阔的发展前景。而白芨的传统栽培主要靠分株繁殖，但分株繁殖的周期长，且效率极低，耗种量大，很难满足大量栽培的需求。播种繁殖也因种子细小而无胚乳，因此在自然状况下很难萌发和生长，实生苗的栽培更加困难。现在采用的办法是组织培养方法进行无性繁殖，这样的结果，实现了白芨种苗的规模化生产，无疑是科技发展的标志，巧家县大丰种养殖农民专业合作社，走出了这坚实的一步。

白芨还可利用林下种殖，如松林林地、果树林地，这样便可大大地提高土地的利用率，大丰种养殖农民专业合作社已在林下种植获得了可喜的成功。即地栽时翻耕土壤，施足基肥，可在头年冬季到次年3月初种植，栽植深度3—5厘米，生长期保持土壤湿润，并除草松土，每2周施肥一次。一般栽后两个月开花，花后至8月中旬施一次磷肥，可使根茎生长快速、充实。“枢康中草药种植有限公司”开发的白芨，单株重量可达580克，最大单个70克。三年后，每亩的经济效益可达15万元，每户种植一亩，可脱贫致富奔小康，这个项目值得推广。

老店镇投入7266万元，完成十三个校点的灾后重建，2015年8月31日前，全部竣工并投入使用。全镇11个村委会办公用房、14个村卫生室业务用房、9个应急和体育活动场所，还包括镇卫生院业务用房和职工周转房的灾后重建也如期建成并投入使用。同时，市政建设也得到同步发展，新集镇道路硬化了820米，并安装了排污水管820米。

2016年实现粮食总产量29749吨，人均有粮超过1300斤；烤烟每亩产值也达到了4384元，同时还新建了卧密烤房5群。畜牧业也大有发展，除了黄牛养殖场、卫生厩外，还建立了黄牛改良站3个，并引进种牛7头，完成黄牛改良2105头；建生猪改良站3个，生猪改良5638窝，绵羊改良3589只。从而实现生猪存栏63840头，出栏67254头；羊出栏13318只，存栏24750只；大牲畜出栏3181头，存栏11390头；家禽出栏149636只，存栏53270只，实现禽蛋产量245.45吨，肉类总产量10625.46吨，畜牧业产值2.18亿元。

林产业也得到稳步发展，治乐、老店、坪地营、三合、大岩洞等村分别完成退耕还林5000亩，退耕还草2100亩；在法土南、团林堡、迤西卡、大火地4个村社实现花椒提质增收5000亩。同时还引种韩国辣椒2500亩，种植大棚蔬菜350亩，治乐还试种了白芨27亩。

习总书记曾说过：“有梦想，有机会，有奋斗，一切美好的东西都能够创造出来。”

空谈误国，实干兴邦，我们每一个人，特别是担负一定责任的领导，应该既是梦想家又是实干家，既要胸怀理想又要脚踏实地，把自己的事情做扎实。在灾后重建中，如果只是纸上谈兵而不真抓实干，再宏伟的蓝图都会落空。老店镇党委政府在灾后重建中真抓实干，出实策，鼓实劲，办实事，不图虚名，不用虚功，披荆斩棘，勇往直前，故取得了让人感慨的成绩，应该为他们点赞，祝他们百尺竿头，更上一层楼。

第五章

鲁甸“8·03”地震很快就过去三周年了，而几个人却让我刻骨铭心，始终挥之不去，萦绕于心……灾后恢复重建后，他们的家人和自己的生活，现在过得如何，让我无法忘怀，所以，到龙头山采访时，尽管山高路远，我还是去了。

19岁的姑娘田应先，家住在龙井村的耐石山，距龙头山足有四五十里。那天，我乘坐的汽车，在“之”字形的公路上，足足行驶了一个小时后，才转入去耐石山的坎坷土路，危乎高哉，耐石山道之难，难于上青天……地震那天的早晨，田应先收到信息，得知已被云师大商学院录取，通知书已送到镇上，叫她速去领取，并做好入学之前的各项准备。她的家很奇特，早年父母都外出打工了，父亲田兴平在昆明替人看门当保安，母亲杨吉艳则去了陕西。杨吉艳是因为龙井耐石山那里悬崖陡峭、高耸，人似乎就住在白云缥缈的地方，看到的除了逶迤叠嶂的山峦，几块贫瘠的山地和低矮的土坯房外，就是贫穷，再苦都看不到头。于是便和田兴平分手，丢下三个儿女，改嫁去了陕西。田应先的哥哥也外出打工了，她和弟弟只能与70多岁的奶奶相依为命。其实，那时田应先已从龙头山初中考入鲁甸县一中读高中，弟弟仍在龙泉中学读初中，家里就剩下孤苦伶仃的奶奶日出而作，日落而息。老人必须用自己年老而羸弱的身体支撑起这个破碎的家庭，否则两个孙辈就无法完成学业。我没有见到生前的田应先，那天只在老人至今仍收藏着的准考证上看到她的照片，清纯、俊美，十分可爱。我简直不敢相信，在这样的家庭环境里，她竟然脱颖而出，以优异的成绩，被云师大商学院录取，可见她是一个自立自强、坚韧不拔的小姑娘。

临出门时，奶奶叮嘱她和弟弟说：应先，你拿到通知书后，就给你爹、你妈打个电话，不管怎样，也该让他俩高兴。田应先频频点头，甜甜地说道：奶奶，我记住了……在龙头山镇上，拿到了通知书后，她便给爸爸打了电话，田兴平欣喜若狂，连连说：应先，离开龙井到昆明时，先给爸爸打电话，我来车站接你，并送你去学校。云师大，爸爸知道在哪里。

下午 3 点过，田应先和弟弟回到家里，便把录取通知书拿出来给奶奶看，又讲了云师大的情况，奶奶听了，眼里闪着泪光，那种兴奋和激动，可想而知……就在祖孙三人，沉浸在无限欢快的喜悦之中时，灾难不期而至，田应先和弟弟首先感觉到发生地震了，忙扶着奶奶就往外跑。耐石山是一个只有七八家人的小村子，祖孙三人爬上门前的一个陡坡，那是一块没有什么建筑的平地。此时余震不断，祖孙三人回过头去，看见好几家房子上的瓦片正往下落，门窗和土墙正在坍塌，房屋腾起阵阵浓浓的烟尘，似乎把太阳都遮住了，它的轰鸣声伴着乡亲喊爹叫娘的哭声，让人胆战心惊……这时，田应先听到邻居家传来了撕心裂肺的呼救声，便拉着弟弟跑下来救人。她家对门的房子已坍塌了半边，把大门死死地堵住了，只留下可供一个人爬进去的空隙，她把弟弟留在外面，自己爬进去了。屋里是一个只有一岁多的小孩，她忙抱起孩子，正欲离开时，房梁楼枕垮了，有一根杆杆正砸在她的脑壳上，她便被打倒在地，旋即土坯墙也垮了，并压在她的身上……乡亲们赶来了，便七脚八手地用锄头和手刨，约半个时辰，田应先被乡亲们刨出来了，只见她将孩子紧紧地护在怀里。就这么一两分钟，孩子哇地一声哭叫起来了，而血肉模糊的田应先，无论乡亲们如何叫她，却没有任何反应。74 岁的奶奶扑过来，抱着身体还有些温热的孙女，欲哭无泪，抽泣哽咽着，不愿把孙女放下……

是田应先在生死之间，用自己的生命，拯救了那棵刚刚破土的幼苗，她死得其所，留在人世间的是人们挥之不去永远的冰清玉洁。当我见到那个被救的孩子时，他已五岁多了，流着鼻涕，只会用怯怯的眼睛望着我，他还不知道，自己的生命在雨露、阳光的沐浴下，茁壮成长的时候，另一个灿如春花的生命却过早地凋谢了。

田兴平从昆明回来了，他要把女儿的录取通知书从废墟里刨出来，但费了九牛二虎之力，只把女儿的准考证刨了出来。而一家人都相信，录取通知书随田应先的灵魂，去了她魂牵梦萦的学校，我的母校云师大，会把她当成自己永远的学生，而引以为骄傲和自豪……

田应先舍己救人后，鲁甸和昭通没有忘记她。昭通民间的一位影视爱好者，受其感动，自费为田应先拍了一部微电影，在抗震救灾和灾后重建的日子里，在不少地方公映过，反响极好，从而在人们的心目中塑起了一块丰碑。她在县城中学的同学、校友，不管去了哪里，春节时都会买上祭品和礼物，跋山涉水来到龙井耐石山看望她已 77 岁的奶奶，祭奠田应先的灵魂……

那天，在龙头山镇党委宣传委员谭德军的引领下，我去了只有七八家的耐石山，就想看望田应先的奶奶和她家重建的房子。整个小山村的房子都焕然一新了，均是一楼一底，或两楼一底的砖混结构的新居，并且都掩映在一片葱茏之中……进了村子，问过几个人，我见到了田应先她奶奶新修的房子，是一栋足有 70 平方米的平房，以后还可再加一层，门锁着，邻居告诉我说：老人今年 77 岁了，叫朱绍芬，清早就下地去了，这些天，她正忙着锄苞谷地里的草，你们等等，我去叫她。约莫20分钟后，老人汗流浃背地回来了，手里还抱着喂羊子的草，她开大门的钥匙就挂在羊厩的门扣上，可见这里的民风之淳朴，真是道不拾遗，夜不闭户。老人现在只修了一层的房子很宽畅，两个房间，一个客厅，厨房建在旁边，屋里摆设不多，更不豪华，我去了老人的卧室，不太讲究，被褥却洗得干干净净。客厅里没有沙发，我们坐在板凳上，开腔就问她孙子的事情，老人没有说话，却哽咽抽泣起来，我们也很难过，便把话转到别的事情上，她才笑眯眯地说道：现在只有我一个人在家里，除了种庄稼外，就料理喂养着的两只大山羊。我问老人道：家里有多少棵花椒树和核桃树？老人说：加起来，有200多棵。我又问：去年收入了多少钱？老人说：不知道。我便十分纳闷，再问后才知道，田应先的弟弟田应祥去了陕西读高中，以后可能就跟他妈一起过日子了。老人的儿子田兴平，因为女儿田应先舍己救人，被昆明西山区交警大队聘为合同工，当了协警，每月工资2500元。大孙子长年在外打工，到花椒、核桃成熟的时候，他回来摘了花椒，下了核桃，卖掉后，拿着钱就走了，所以朱绍芬老人不知他卖了多少钱。老人说：去年，我喂的两只大山羊卖了5000元，孙子走的时候，我还给了他一些钱，他在外面，也不容易。老人的善良，竟让我说不出话来，只有感叹噫唏唏。她说今年照样喂了两只山羊，长得很大了，一直关在厩里，不敢拉出去放牧，人老了，拉不住这两只活蹦乱跳的羊子。今年，肯定能卖五六千块，有这点钱我用不掉，孙子回来了，还得给他一些。我现在除了种点苞谷、洋芋、喂这两只羊，花椒和核桃也就无法管了，只能让它们随便去长了。我问老人，去年苞谷收成了多少？她告诉我说：一两亩土地，有1000多斤。我又问老人：土地隔这里有两里，怎么把它拿回来？老人却轻描淡写地回答道：我一背箩、一背箩，慢慢地背回来的……听了老人的回答，我无言以对，感到特别的心酸，竟然说不出话来，老人却笑眯眯地站起来，说道：光顾说话，也没有给你们拿点什么吃的来。说着，老人站起来，很快就给我们抬了一些自己做的核桃糖，盛情难却，我们便吃了两点，很酥、很甜、很香。临分手时，我问老人道：老人家，有什么要求，今天镇上的领导也来了，你说吧。老人摇摇头，笑而答道：现在房子也有了，穿也穿不了那么多，吃也吃不起多少，收的苞谷和洋芋，大多喂了羊，现在还舍不得卖，到年底，能卖五六千块，卖了再买两只来，靠羊子，一年到头这四五千块跑不掉。随我去的几个人都想给老人一点钱，掏出来了，她却坚决不要，说道：拿些钱给我，也用不出去，孙子回来了，见我有钱，又只有拿给他了，你们也有老有小，用钱的地方多。恭敬不如从命，大家便先后出了门，随我去的学生胡永坚，说他想转回去把田应先的准考证照下来，结果他在拍照的同时，硬是将几百元钱塞给老人后，转身就跑了……

今年已 77 岁的朱绍芬老人，养育了田家两代人，她不需要儿女报答她的舐犊之情、养育之恩，但她却为救人死去的孙女感到惋惜，同时也倍感欣喜和自豪。在老人身上，彰显的是中华民族以善为德和无私且博大的传统美德，需要我们传承和发扬，这是我专门去龙井耐石山见老人的内心之所在。

甘家寨坐落在距牛栏江不到 500 米的山坡上，树木繁茂，郁郁葱葱，42 家青瓦白墙的房舍就错落有致地镶嵌其中，犹如一座晶莹剔透、碧绿欲滴的翡翠摆件。早晨沐浴璀璨的阳光，岚飞霞涌，百鸟啾鸣，生机勃勃，气象万千。傍晚，金色的霞光从另一个方向洒过来，牛栏江流光溢彩，蜿蜒而去，牧童归来，山歌悠悠，甘家寨炊烟缕缕，袅袅上升，让人神思，让人遐想，好一幅白云生处有人家的瑰丽画卷……就是这块不是仙境，胜似仙境的地方，在地裂山崩中永远地消失了，它残酷无情地吞噬了整个村庄和56个鲜活的生命。在山塌坡滑的巨大力量冲击下，整个村庄下滑了200米，40多间房屋，只有毛天美两楼一底的楼房还露着少许的房顶。这栋让村民羡慕、赞叹的楼房，是她和丈夫栽花椒、卖花椒，用血汗通过十多年的努力建起来的，她成了甘家寨已经实现了梦想，最为幸福的家庭。丈夫大她3岁，她有两个女儿，一个儿子，特别是小女儿十分机灵漂亮，一家人其乐融融，享受着惬意的天伦之乐。她丈夫的二兄弟和小兄弟两家，和她家紧紧挨在一起，按照农村的习惯，婆婆跟他们一起生活。这种家庭结构，是农耕文明敦厚、善良之黎民百姓神往的最温馨、幸福的家庭和田园生活……

灾难降临那一天，大女儿在浙江打工，婆婆和小女儿在家里，她和丈夫带着儿子在山上摘花椒，突然之间，天地倾覆，旋即便山裂岩崩，除了如滚滚惊雷的轰鸣声外，晴天一片朦胧。求生的欲望，让毛天美紧紧地抱住花椒树，才使自己失去平衡的身体，没有被地动天旋的强大力量推下山下去……待地震过后，她拖着如灌了铅的双腿，蹿蹿倒倒回到村子时，往日美好的家园消失了，而垮塌的半边山岩还翻腾着滚滚的尘烟……就是这场灾难，毛天美的婆婆和小女儿、丈夫二兄弟的三个孩子，以及丈夫小兄弟和他的三个孩子，全家老少三代9口人，连同房子全被垮塌的山岩在转瞬之间吞噬了……

毛天美昏厥了，待她醒过来时，身旁不仅站着市县的领导、解放军，还有医务人员，她睁开绝望的眼睛，却看见了垮塌的乱石中，独独露着她家的屋顶一角，她便呜咽道：她的婆婆和小女儿就在房子里。救援的解放军便先用锄头和铁锹去刨，待露出窗子后，战士们便丢掉工具，用手去刨，很快双手就刨烂了，流着鲜红的血。却只刨出她和丈夫共用的枕头和小女儿的书包，她接过并紧紧地贴在自己的心窝上，书包和枕头上除了尘土外，就是解放军和武警战士鲜红的血……毛天美无法控制住自己的感情，倏地跪倒在地，呜咽道：解放军别刨了，你们也是人啊，你们把我的心都刨碎了，让他们与天地共存吧……

有哲人说：进入天堂的路只有一条，那就是心路。毛天美在废墟上守候了两天三夜，她终于走完了将几个亲人送入天堂的心路历程……

在龙头山甘家寨集中安置点，我去了毛天美和儿子修在一起的四合院，没有见到她，邻居告诉我说，她在街上租了门面，开了一家名为“寨子小吃”的小食店，经营米线、面条、炒饭和凉粉、冷饮、卷粉。我往北走不到一里路，便进了毛天美的小食店，她知道我的来意后，就坐到桌边和我攀谈起来。她说：搬到这里来了，房子确实比我们原来的好多了，此生此世能住上这么好的房子，真是托共产党的福了……说话时，喜悦之情溢于言表，她和丈夫都是十分勤劳的人，原来农闲时，就用电动三轮车帮人运货，或买卖蔬菜之类的商品。现在她和丈夫都打算过一些时候，买张小型汽车跑运输，丈夫便去学驾驶考执照去了。大女儿叫张喜梅，今年 23 岁，在浙江打工，帮人卖服装，说到这里，她便满脸的喜悦，说着话，就把手机拿出来，上面有她大女儿和小女儿的照片，在地震未发生时，两姐妹唱歌、跳舞时拍下的。并对我反复说道：你看看，多么可爱，多么机灵、漂亮的姑娘，若还活着，今年快 14 岁，读初中二年级了……说着，便泪眼婆娑，见状，我便把话扯到生产生活上，她说：住在龙头山，没有一分一厘的土地，甘家寨那里还有花椒树，若回去管理花椒树，去一次得走两小时的山路，回来又得两小时，实在费力。住在这里的人，谁都不愿回去，怕触景生情，纠心的难过，况且费尽天大的力，也苦不了几文钱。花椒树不仅得剪枝打叶，还得施肥，哪点服侍不好，它也不结花椒，就是结了，收成也不好，卖不上价钱。所以，住在这里的八九十家人，很少有人回去。

这时，有个工人来吃卷粉，毛天美便起身去招呼客人，我也随之站起来，去看贴在墙上的价目表。面条、米线6元一碗，炒饭4元一碗，但她却十分清楚地标明，凡是龙头山的中小学生来吃面条、米线只收5元，炒饭则是3元。在毛天美的潜意识中，这显然是对小女儿最深切的情愫。待客人走了以后，我又问她道：你这个小食店生意好吗，一天能赚多少钱？她说：这些天，因有工人返工他们修的房子，来小食店的人就多点，今天就卖了100多元。平时就是三五十元。这间房子是租来的，14000块一年，开张已有两三个月，除了房租，没有赚到什么钱。平时，龙头山外来的人少，街上走来走去的人，都是龙头山本地的，学生娃娃来买的都是雪糕、矿泉水，或者吃碗凉粉，买一次，就是一两元。我就说：既然如此，你何必开这样一个不能赚钱的小食店嘛，太缠人了。毛天美却说：一天闲了坐着，就想我的小女儿，想一家死去的9个人，想着、想着，心里难过，就流眼抹泪……开这个小食店，就为了打打岔，特别忙的时候，就不想那些伤心事了。

离开毛天美的小食店，走在街上，我便想，要让这些灾民走出阴影，除了心灵的抚慰、开导外，得让他们有事情做。如何发展产业，才是龙头山的关键所在。

在龙头山，还有谢维礼、杨国云和谭德军等几个人，是让我难以忘却的……

谢维礼今年66岁，他的家就在龙头山谢家营，20世纪70年代，他光荣地参加了中国人民解放军，属工程兵。所以，他参加了当年的成昆铁路的修建。我和他坐在一起，谈起这段往事时，他的言谈举止中，充满了无限的自豪和骄傲。他对我说，那时打隧道，没有什么大型机械，就是较为先进一点的风钻，都没有多少，一个个隧道，全凭力气一点点地打出来的。隧道里，几乎所有的土，也是用手推车，从坑道里拉出来的，可以说，成昆铁路是用我们的血肉之躯拼出来的，我为国家的建设，贡献了力量，感到很值得。

就在他当工程兵的时候，昭通永善团结发生了7.1级地震，死亡1400多人，伤2100多人，倒塌房屋28000间，毁掉小型电站74座，公路近200公里。谢维礼奉命随部队来到灾区。他们抗震救灾的具体地点，就在大关的木杆。他对我回忆道：我们奉命离开成昆铁路的工地前往昭通时，乘坐的是敞篷的卡车，那时的道路，几乎全是凹凸不平的土路，坑坑洼洼，竟然在路上行驶了两天两夜，赶到木杆时，已是地震发生的第三天。在救援中，也没有什么先进的设备，随身携带的，大多就是铁锹、铁铲，和现在相比真是太落后了。但在20世纪70年代时，灾区居住的人不多，死伤也很少，我们赶到时，已没有太多的事情做，只是抢修被毁坏的公路。塌方堵了木杆河，也是凭手工去挖。我对他说，就因为用条锄、板锄、十字锹去挖，还被洪水卷走昭通军分区的五名解放军战士。他却纠正道：那天，我在现场，那几名解放军不是被洪水卷走的，而是被山体滑坡埋掉的，他们挖了几天，都没有找到战友的遗体……

那次救灾结束后，他回到部队没有几天，就退伍回到龙头山谢家营当了农民，转眼就是40多年了，回想当年，还记忆犹新。他说，若龙头山地震发生在当年，后果是什么，就不堪设想了。龙头山地震发生不到两小时，远在昭通的武警和市县的领导就赶来了，县城的消防和武警赶到骡马口就是一个小时左右。当晚，省长李纪恒带领人马赶到现场，并召开紧急会议，全面部署了抗震救灾的各项事宜。第二天中午，李克强总理也赶来了，传达了习近平总书记的指示：把救人放在第一位，不到最后的时刻，决不放弃。尽快查清灾情，妥善做好受灾群众的安置工作。很快龙头山的各种救援人员就超过1万人，就连国家派出的医疗专家组，也从全国各地，在第二天清晨就赶来了，他们救了不少人的生命，否则还不知要死掉多少人。党和国家太伟大、太了不起了，习总书记和李总理，完完全全把我们老百姓放在心上。我家在那次地震中，整整死了6个人，只剩下我这个老者了，党和国家太关心我了，减少了我失去亲人的不少痛苦，日子过得很舒坦。

谢维礼的老伴，早年因病先逝了，他没有续弦，和女儿谢益巧、谢益翠两姐妹相依为命，竭尽全力将姐妹拉扯成人。改革开放后，国家朝气蓬勃，蒸蒸日上，和煦的春风吹过乌蒙山，迎面扑进了昭通昔日封闭的村村寨寨。龙头山龙泉村的周贤军和谢益巧、谢益翠姐妹，读书时是同学、校友。年轻人神往外面五光十色的世界，更渴求改革开放给他们带来的机遇。于是结伴到外面打工，他们便被素有锦官城之称的成都所吸引，便在那里立下足来，凭着大山给他们的纯朴、勤劳、诚挚和坚韧不拔的精神，几年工夫，他们就通过自己勤劳而灵巧的双手，用汗水挣得了可观的积蓄。几人相商后，把积蓄凑起来，就在成都武侯区的地盘上开了一家小工厂，自己做起了老板，周贤军和谢益巧还结为了夫妻，谢益翠也找到了自己的如意郎君，是内江人。七八年过去了，他们仍凭着自己的勤劳、诚信的秉性，不仅把小厂办下去，而且还有所发展，更为幸福的事情，他们都有了一对儿女。7月底，时逢暑假，谢益巧和谢益翠姐妹便各带了自己的一对儿女，回龙头山谢家营探望已六十挂零的父亲，尽尽孝道的同时，三代同堂，和父亲共享天伦之乐。姐妹俩还商量了，若父亲愿意，还想把老人接到成都颐养天年，以尽孝道。

地震的头天晚上，思念着丈夫的谢益巧还给周贤军打了电话，叮嘱丈夫道："贤军，我带着两个孩子回龙头山了，你一个人在家里，一定很忙，但不能太累了，一生人，钱是苦不完的。难得回家一次，我们玩几天就回来了，你不要担心。"

周贤军接到妻子的电话，也倍感温暖，亦甜甜地说道："益巧，儿子也给我打了电话，也说他们陪公公玩几天，就回成都来了，他们也想爸爸了。"

周贤军开的工厂，规模虽不算大，资产也不那么雄厚，但夫妻俩却十分满足，特别珍惜。山旮旯里的农民把工厂开到成都，不是党的富民政策好，想都不敢想。更让他俩感到自豪的是，他们厂里的工人，大多数是龙头山的乡亲。

8月3日的下午，谢维礼上山要忙着把成熟的花椒摘下来，好随女儿去成都。两个女儿也带着最大只有9岁，最小7岁的四个孩子陪父亲上山摘花椒了。一家人忙活了一两个小时，天气太热，加之劳累，谢益巧、谢益翠姐妹，便带着4个孩子到花椒林旁的一棵树下歇气、乘凉。不一会地震发生了，一块足有几十吨的巨石从山上雷霆万钧地滚下来，滚到离谢益巧姐妹带着孩子乘凉不远的地方，碰到一棵硕大的核桃树，摧枯拉朽的巨石便将大树齐整整地摧断了，石头也被破成两块，其中一块从另一个方向砸去，而另一块则向谢益巧姐妹和四个孩子乘凉的树扑来，他们躲让不及，6口人便在转瞬之间，阴阳两隔……

惊恐万状的谢维礼不等烟尘散尽，丢掉摘花椒的箩筐，便蹿蹿倒倒地扑过来，飞滚而下的巨石不见了，地上躺着的是血肉模糊的2个女儿和4个外孙。顿时，他觉得天旋地转，不省人事，便软兮兮地扑倒在地。等他醒过来的时候，已在医疗救治站，他要挣扎着去寻找自己的亲人，却被医生和救援人员抱住，并说：他们都遇难了……老人瘫坐在地上，捶着胸脯，呼喊着女儿和外孙的名字，听到的回声，却是乡邻们呼儿叫女的惊恐呼叫声……

现在谢维礼的心完全释然了，除了觉得人会乱，天不会乱外，根本的是他生活安宁，能真正地颐养天年了。他的一楼一底的别墅小洋楼，就建在原来的宅基地上，村子不大，上上下下，左左右右，就这么10来户人家。房子面前就有一棵100年以上的滇朴，它粗壮且沧桑的树干，是那样的挺拔、雄健，树冠硕大、遮阴蔽日，巍巍然耸立在前后建筑的中央，让人敬畏，让人肃然。

我站在谢维礼小楼房的低矮台阶上，极目远眺，奔来眼底的是几千栋排列整齐、高低有别、色调和谐，几乎覆盖了整个龙头山坝子的灾后重建的民宅和各种诸如学校、卫生院、机关办公楼的建筑。穿插其中的是笔直的街道和郁郁葱葱的巡道树，以及坝子之上连绵起伏的山峦，上面全是一片片碧绿欲滴的花椒林和核桃林，逶迤蜿蜒，向上延伸，一直到白云缥缈的地方。离房子不远的便是龙泉河，工人们正在支砌河堤，扩宽扩深河床，并在床面铺上过滤的石块，一切的一切，欣欣向荣，气象万千……

我和谢维礼坐在客厅的沙发上，迎面的墙上，挂着习近平总书记2015年元旦后，到龙头山看望灾民的照片。总书记满脸笑容，乡亲们团团围着总书记，更是笑靥灿然。谢维礼告诉我说，那天他也在场，还和总书记说了话，握了手，感到特别的温暖和幸福。他现在被列为无儿无女的五保户老人，每月生活费500元，他今年66岁，还有每月60元的老年补贴，他当过5年的铁道兵，国家又每月补助120元，三项加起来近700元。现在又有新农医保，看病自己也出不了多少，生活舒适而宽余。最后，他又告诉我，他还有200多棵花椒树，每年收入5000元到20000元。他每天早晨起床后，洗漱完毕，或在家里吃点早点，或到街上去，从谢家营到灰街子有上千家门面，开着好几家饭店和小食店，想吃哪样早点都有，跟城里一样，只是来往的人太少。现在政府正在着力打造旅游产业，想把龙头山弄成银器和装饰品的集散地，若真的实现了，龙头山的热闹程度，不亚于昭通的西陡街和青年路。老人很乐观，对未来充满了憧憬，这便是他忘记了灾难，向往更加美好生活的根本原因……

另一个让我无法忘怀，充满传奇色彩的人叫杨国云，家住龙头山龙泉村，时年30岁。鲁甸“8·03”地震时，他和70多岁的老母亲坐在家里，屋子轰然倒塌后，母子俩都被深深地埋在瓦砾、泥土之下。18个小时后，母子被消防官兵从废墟中刨出来，经随队的医生诊治后，他的老母亲遇难了，杨国云却还有明显的生命迹象。消防官兵忙用他家的门板，将他送到市第一人民医院早已等候在那里的救护车上，第一时间送到抢救诊断室后，已近午时，几个医生便很快投入抢救，诊断结果：他此时的体温是37.3℃，呼吸每分钟3次，心率每分钟148次，血压反复测了几次，却没有任何反应，血氧的饱和度为2.84%。情况极差，一直处于深度昏迷状态，但对疼痛刺激有反应。在场的医生经过认真评估，其昏迷程度定为5分。再继续检查：脊柱，四肢及胸部未见畸形，头部、左右颊、右胸部、右髂部、左上臂、双侧膝部、左大腿、左足踝部和左背部皮肤有多处不规则的二度和三度不等的烧伤。部分皮肤发红或苍白，部分皮肤发黑，甚至不少的地方已溃烂，双下肢肿胀，皮温底，左侧特别明显，但无明显水泡。足背动脉未能触及，双下肢未见自主活动，感觉及肌力未能检查，双瞳等大等圆，对光存在反射，颈软、气管居中……在场的医生反复讨论后，初步诊断为：电击伤，全身软组织电灼伤并坏死；创伤性休克；挤压综合征。

杨国云的母亲遇难了，又没有其他的亲人随之而来，便以无名氏的身份送进重症监护室抢救。医院十分重视，组织了专家组，以后又在陈香梅院士率领的国家医疗队和省级的几位专家的指导下，进行外科手术21次，耗资200多万元，历时5个月的抢救，从而挽救了他的生命。杨国云的整个人生和抢救他的整个过程，撼动昭通，乃至全国、全世界，从而彰显了中华民族敬畏和热爱生命的善良、真诚之美德，辉耀着人性的灿烂光芒，谱写了生死涅槃，瑰丽多姿的诗篇，真是惊风雨，泣鬼神……

杨国云的父亲早逝，有一个姐姐，前些年出嫁离开了龙头山，家中只剩他和母亲相依为命。因家庭极度贫寒，从小养成内向、孤僻和自卑的性格，加上他语言迟钝且含混不清，无法和人正常交往，在别人眼里便是有些弱智的憨包。故三十挂零了，还没有结婚，母亲也托人为儿子到邻村提过亲，都因家徒四壁，生机窘迫，加之身带残疾，没有谁家姑娘愿意睁着眼睛去跳火坑。

龙头山地震后，他远在外地的姐姐杨国英在电视上看到生她养她的家乡遭到劫难了，她倏地就张皇失措，眼泪便夺眶而出了，她特别担心年迈的母亲和苦命的弟弟会不会发生什么意外，这是亲人之间的心灵感应。丈夫见她一副神不守舍的样子，就劝她回龙头山看看，并说娃娃我会照顾好，你放心去吧。

杨国英第二天，带上一些钱，便忐忑不安地踏上归家的路，车到鲁甸县城附近，就不能前行了，她便徒步进了县城，在商店买了几斤蛋糕和饼干，自己只在小食店吃了一碗米线，便匆匆忙忙向龙头山走去。费尽千辛万苦，来到沙坝，因余震不断，常有滚石、塌方，值勤的民警便不允许她进去，她苦苦哀求后，民警便把她托付给抗震救灾的解放军，保护着她进去。到了龙泉村，已是下午 4 点多。昔日她熟悉的村庄，现在已成为废墟，自己的家也不见了。她忙着跑过去，问正在救援的消防官兵，那几个恰恰就是刨出她母亲和救了她弟弟的战士，就对她说道：老人遇难了，遗体停放在骡马口，你弟弟还有点悠悠气，已送到市医院抢救了。杨国英发疯一般地跑到骡马口，见到值勤的市公安局副局长李少荣，才知道所有的遗体都由殡仪车送到殡仪馆了，她谢过后，转身就向沙坝的方向走去……

杨国英辗转反侧，找到殡仪馆时，已是第二天的上午 9 点多。鲁甸民政局的工作人员接待了她，并帮着找到了她母亲的骨灰盒，她放到椅子上，连连给母亲三叩九拜后，又把骨灰盒交给民政局的工作人员，并说道：我还得去医院找我昏迷不醒的弟弟，把母亲的骨灰盒带在身上不方便，请你暂帮忙保管，待找到弟弟再来取回母亲的骨灰盒，带回龙头山安埋。

从那天开始，杨国英便开始了寻找弟弟的艰辛历程……

因为她弟弟深度昏迷，市医院便以无名氏的名义，送到重症监护室抢救，所以杨国英一次又一次跑遍昭通城所有的医院，翻阅了所有受伤灾民的登记册，都没有发现弟弟杨国云的名字，这时，她已在昭通城里找了三四天时间。有人告诉她说，有些重伤员送到了昆明救治，杨国英没有半点犹豫，便去了昆明。她在昆明又整整地耽误了五六天，凡能问到的医院都去了，在省昆华医院，她问了好几个医生，才得知有几个特别严重的伤员已送到四川去了。她没有丝毫的迟疑，抬腿就向火车站跑去，并登上了开往成都的火车，她问了同车的旅客，得知四川最有名望的医院是华西，她想弟弟是重症伤员，一定去了华西医院。于是，她不顾旅途寻弟的奔波劳累和心灵的煎熬，在成都火车站下了车，就径直去了华西医院。在公共车上，她一路问同车的乘客，热情的成都人便热忱且耐心地告诉她在哪儿下车，改乘哪路公交车，她一一记在心上。到了华西医院，她简直不敢相信，世上竟有这么大的医院，比她记忆中的鲁甸县城还大，进进出出的人，络绎不绝，就像龙头山赶集那样的拥挤。她匆匆忙忙地去了几个地方，才问到一位导医，他十分肯定地对杨国英说：地震的伤员，不会送到他们医院来，你赶快去宜宾的几家医院看看，那里距昭通近，凭他们的医疗条件和技术，什么样的外伤都足能应对。杨国英谢过，转身又去了火车站……

在宜宾市第一人民医院，杨国英见到了从昭通转来的10多个伤员，却没有她弟弟杨国云，陪伴伤员的都是她的乡亲，便对她说：大妹子，你还是赶快回昭通去，坐火车很方便，你弟弟若没有死，一定能在昭通找到，别在这里耽搁了，快去啊……

杨国英辗转回到昭通时，她已在寻找弟弟的旅途中奔波了22天。而躺在重症监护室的杨国云因伤太重，导致他无尿，呼吸、循环、肝肾和凝血等多器官功能衰竭，急需进一步抢救。于是便对他进行了C-反应蛋白、肝功十项、肾功四项、电解质八项、心肌酶四项抢救措施。同时，又进行了床旁的血液透析治疗后，他的呼吸和循环日趋稳定，但双侧臀部、双下肢肿胀继续衰竭，要保住他的生命，只有截肢了。专家各抒己见，争论激烈，何去何从，最后只能由陈香梅院士决定了。她说：这个重症伤员是青壮年，无明显的基础疾病，暂不考虑截肢，应继续保肢医疗。我的意见是，进行双下肢筋膜间室切开减压，持续采用封闭负压吸引术治疗一段时间，再根据实际情况，对他进行后期治疗。其根本目标，就是实现习总书记和李总理的嘱托，不到最后时刻决不放弃，竭尽全力减少死亡和伤残……

2014年8月25日的下午3点多，从四川赶回来，第二次进入市第一人民医院的杨国英，始终抱着是死是活，都得找到弟弟，对九泉之下的母亲有个交代的信念。在住院部大楼的过厅里，她正向一位医生问询时，恰遇副院长、医院抢救伤员专家组组长李文静路过那里，便叫杨国英去问他，也许就有下落了。当李文静听完杨国英的叙述后，欣喜地说道：8月4日中午，收了一个特别危重的伤员，听说他母亲遇难了，龙头山又没有其他的亲人，谁也不知道他的名字，现仍昏迷不醒，我带你去重症监护室看看，是不是你兄弟杨国云……

从那天开始，无名氏的牌子换成了杨国云，男，30 岁……杨国英问李文静，她弟弟会不会醒过来？李文静便安慰她道：肯定会醒过来，无非需要时间。杨国英便恳求道：医生，你让我来守着他，我会把他叫醒的，你就把我当成志愿者，我还能帮助你们打扫卫生。李文静颇为感动，真诚地说道：你对弟弟的这份真情，是不讲任何条件的，向人世间昭示了血浓于水的大爱，我同意你每天早晚来一次重症监护室，但只能用心和你弟弟说话，你能做到吗？杨国英哭着说道：能做到……

根据医院的特许，杨国英每天早晚来一次重症监护室，时间一个小时。她静静地坐在弟弟的身边，用自己温暖却有些粗糙的手，紧紧地握住杨国云冰冷的手，在心里呼唤道：国云，妈妈走了，姐姐就是你至亲至爱的人，你听见姐姐说话吗？我不相信你会离开姐姐，你就睁开眼睛看看姐姐，以后再苦再难，我和你姐夫都不会丢下你，快睁开眼睛看看姐姐嘛……

一天、两天、第三天，杨国英感到弟弟的手变得有些温暖了，似乎还想来拉她的手，这是心灵感应……杨国英不敢和他说话，仍用心灵呼唤他，并叫他抓住她的手，不要放掉……心有灵犀一点通，杨国云在紧紧抓住杨国英手的同时，眼睛也睁开了……

古人说：父母早逝，长兄为父，长嫂为母。即是说，父母远去了，哥哥、嫂嫂要像父母那样善待自己的兄弟、妹妹，杨国云没有哥哥、嫂嫂，而他姐姐、姐夫做到了。亲缘让兄弟姐妹你中有我，我中有你，无法割舍，这是天性。而医院遵照习总书记和李总理的嘱托，竭尽全力抢救杨国云卑微的生命，是至善、至美、至爱的表现，更是党和国家民为本、民为贵、民为天的治国理念最直接、最有力的彰显，我为生在这样的国家，这样的时代，而感到自豪和骄傲。

杨国云现在居住的安居房，就建在龙泉河边，一栋接一栋，据住在这里的人告诉我，有 2000 多家，都是没有用电梯的小高层。这个新建的安居小区里，有花园、文化活动广场，还有便民服务站，功能齐全，环境宁静、清幽，又守在龙泉河边，很适合人居住。杨国云因是残疾人，便住在一楼，我去时，他的大门紧锁，没有在家，邻居告诉我说：10 多分钟前，还见他拄着拐杖站在这里，不会走远，你们等一下，他就回来了。趁这个机会，我便和他们攀谈起来，得知居住在安居房的人，都是无力建房，却又没有住房的特困人群。言谈中，他们的感恩之情溢于言表，几乎是异口同声地说道，党和国家为我们想得这样具体，考虑得这样周到，真是做梦都没有想到，否则我们就只有捡点栏杆杆和条纹布，搭个杈杈房，像牲畜那样地蹲在里面了。现在不出钱，能住上这样好的房子，真是要感谢党中央和习总书记啊！我颇为感慨，因为社会制度不同，时代不同，在大灾大难面前，灾民的处境，就十分悲惨了，这样的例子，不胜枚举，这里不再赘述。和乡亲攀谈还不到 20 分钟，杨国云拄着拐杖来了，他西装革履，笑容满面，知道我们的来意后，便忙着将大门打开了。原来我听市医院的医生说，若他坚持康复训练，加之营养跟得上，可以离开轮椅，拄着拐杖能勉强走路。而那天见到他时，让我大吃一惊，他的精神面貌很好，脸色红润，行走的动作协调且快，很多时候，支撑全身的力量不在拐杖上，而在他的双腿上，说明他的双腿正在慢慢康复，看现在这种趋势，他很有可能丢掉拐杖，且能做一些轻微的劳动。因为他还年轻，加之生活有了保障且十分稳定，又有相应的营养，应该能成为现实。杨国云居住的房子并不宽，估计有40平方米左右，打开大门便是客厅兼卧室，右手边是一张大床，上面铺着的是崭新的被褥，被子叠得整整齐齐；床前是一个新买的立柜，我打开，一面用衣架挂着五六套衣服，有西装和休闲服，也有过冬的绒衣、保暖服，让我感觉到似乎有女主人在为他操持，否则没有这样干净整洁。另一面则放着被褥和毯子，显然备着过冬用，客厅兼卧室干净、清爽，让我刮目相看。左手边的两间是厨房和洗漱间兼厕所，他一个人使用，绰绰有余。厨房里有电饭煲、微波炉和煤气灶，我进了厨房，煲里还有吃剩的米饭，只是中午吃饭的碗没有洗净，还摆在桌子上，我便对他说：自己吃饭的碗，要按时洗掉，这样乱摆着不雅观。他不好意思地笑着，说着我听不清的话。直到现在我才知道，他之所以孤僻、自卑，除了家庭贫困外，语言是最大的障碍，他不能和别人正常地交流。他听得清我们说的话。而我们听不清他在讲什么，如果仔细听，听得清的就是一两个单词，不知他小时患了什么病留下的残疾。好几个人都对我说，他的耳朵有点聋，听不到别人说的话。其实他的耳朵是好的，他完全听清楚了我的话，自己却说不出话来，啊、啊……让人无法听清他在说什么，于是便和周围团转的乡亲疏远了，这是他最为可怜的地方。他又不会哑语，便不能和别人交流。那天，我就清清楚楚地听明了他说的一句话：我以后吃了饭，就把碗洗干净，放好。

我又进了他的洗漱间，有坐式马桶、热水桶、喷头，洗漱台上有牙膏、牙刷，还有洗头、洗澡的名牌丹姿洗发液、沐浴液。这是抗震救灾时，生产这个品牌的企业送给灾区的，当时没有用完，现在这些需镇上特殊关照的人群，就成了它的用户。一切的一切，都说明了，杨国云在各级党组织的关照下，基本的生活完全能自理了。今年春节，姐姐杨国英又从外地回到了龙头山，她对母亲的在天之灵虔诚地发过誓，她不会不管弟弟，在照顾好自己家庭的同时，她会经常来看国云的。我敢肯定，衣柜里挂着的那些衣服，大多是姐姐杨国英为他买的，并教他如何过好日子，如何照顾自己，甚至还会不时地给弟弟一些钱。那天，我们问他道：你天天都在家里做饭吃？他摇摇头，又啊啊地回答我们说，想在家里吃，就煮，不想在，就去馆子里吃。因他是残疾人，国家每月都有固定的生活补助，邻居平时也会给他一些。在那里做工的村民对我说：有些时候，那些废旧的物品，凡能卖钱的，都送给他，每月可卖一两百元。

杨国云的客厅里放有沙发，还有一台电视机，沙发靠着的白墙上，贴着一张习总书记关于强军内容的画像，在习总书记坚毅而慈祥的画像下面，写着这样的教导：

“强军梦，中国梦。”

于是，我们几人，便拉上杨国云在这张画像前拍了一张照片，留作纪念。

因为和杨国云交流十分困难，我们坐了半个小时就告辞了，他热情且笑容可掬地送我们出来，我掏了300元钱给他，杨国云不要，我硬塞在了他的西装口袋里。我见到他现在的生活状况，也就放心了，更让我始终牵挂和撞击心扉，让我不安的是他姐姐历经20多天，奔波于昭通、昆明和宜宾、成都，不畏艰辛，不离不弃的亲情感动和教育了我，因为它是人世间最可贵的真善美……

龙头山光明村在牛栏江边上，处在火德红李家山的下游，两村相距10公里。地震发生时，李家山村的俞家沟顶上的半壁红色山体轰然倒塌，瞬息之间，一座自然天成的堤坝便巍巍然矗立在牛栏江中，从而堵断波涛滚滚、咆哮奔腾的江水，形成了我们称之为红石岩的堰塞湖。此时恰遇牛栏江的丰水期，水流每秒流量在2000立方米，使得流经龙泉村和光明村之间的龙泉河又形成一个小堰塞湖。龙头山水系，都穿流在高山峡谷之中，即使水量不大，它也狂荡不羁，奔腾咆哮，势不可当，一旦形成堰塞湖，便危机四起，让人心惊胆战。这让村支书谭德军感到腹背受难，心力交瘁……

地震导致整个光明村死亡65人，215人受伤，其中重伤4名，为挽救生命，不得不截肢，有一个的脊椎被打断，送到成都军区总医院，通过几次手术，才将他从死神手中夺回来。谭德军面对这样的灾难，并没有被压垮，他当即组织党员奋力抢救被埋在废墟中的村民，抢救伤员，用人背，木板抬，拼着老命把他们送到医疗站，同时面对频繁的余震和小堰塞湖的江水暴涨，他又竭尽全力地动员组织群众疏散到安全的地方去。解放军和武警部队进村救援后，他除了当向导，还组织党员、村民搬运帐篷和救灾物资，并搭建帐篷，安顿老弱病残和妇女儿童。几天几夜，他忘记了睡觉、吃饭，实在太困太乏了，倒在泥泞里，就酣然入梦了。饿得头昏眼花了，拿起一包方便面，几口就咬着吃掉了，实在咽不下去，用手捧了山沟里的水，不管它脏不脏，也得喝个够……那天，省长李纪恒去视察红石岩堰塞湖，因交通管制，车辆无法进龙头山灾区，为了不添乱，便径直去了光明村。在那里，他遇上了已担任光明村支部书记 18 年的谭德军，便对他处乱不惊，组织党员始终顶在抗震救灾的最前线，殚精竭虑，出生入死，做了不少让人叹服的事情，李纪恒十分感慨和赞赏，便跟随行的市委书记刘建华说道：我们就需要这样的基层干部，以后得关照这样踏踏实实为老百姓干事的人，不能让老实人吃亏。

2015 年 5 月，根据县委、县政府的统一部署，光明村开始了灾后重建，谭德军就带着村“三委”的人到汶川考察，学到了不少经验的同时，也看到了光明村不能照搬照套的一些问题。他们回到光明村，从自己的实际出发，借鉴别人的经验，开始了灾后重建，采取的方法就是统规自建。除补助每户 4 万元外，壹基金每家捐赠了 1 万元，以后，李嘉诚慈善基金会又每家捐赠 15000 元。在重建中，谭德军在抓好各家各户的自建外，还花了大量的精力，投入在容纳 1200 名学生的学校和集中安置点 135 户民居的建设上。学校和集中安置点为牢固和抢时间起见，他们采用的全是钢结构，由省昆钢集团承建，在学校的建设中，壹基金又捐赠了 300 万元。钢结构的学校和集中安置点，通过工人夜以继日的苦战，当年就竣工了，2016 年春节，安置点的灾民就搬进新居，学校也在春季学期投入了使用，谭德军功不可没。

我在龙头山，不管走在哪里，只要提到产业，都会建议我去采访花椒书记谭德军，可见他是被人们认可的。我到龙井村时，恰恰镇上安排他当我的向导，所以在吃饭的时候，我就边吃饭，边采访他，只要问到他经历过的事情，他都毫不犹豫，对答如流。现在的光明村，在他未离开时，就栽了花椒树一万多棵，做到人均有花椒树 1.5 亩，并且光明村的人，善种、善管理，加之气候、环境特适宜花椒生长，所以经济效率高。即是说，仅花椒这个产业，光明村就可以做到人均收入一万元左右，有的村民还远远不止这个收入，故称谭德军为花椒书记，是名副其实的。若站在前往龙头山的公路垭口处，放眼看去，光明村那片起伏不大的山坳，重建的别墅式小楼房，完全掩映在碧玉一般的树丛中，让人感到激动而兴奋。除了人均 1.5 亩的花椒树外，光明村还种植了核桃 8600 亩，亦做到人均一亩多。去年，有 7 家农户成立了养殖椒林土鸡的合作社，一下就喂养了 1000 只，到 2017 年，光明村的椒林养鸡已发展到 20 万只。可以相信，光明村有人均 1.5 亩的花椒和 1 亩多的核桃，还有人均 25 只的椒林鸡，加上得天独厚的自然环境和以善为德、勤劳坚韧的 8000 多村民努力拼搏，光明村灾民的日子会越过越好……

当了 18 年村党支部书记的谭德军，在自己的岗位上，带领村“三委”和党员认真贯彻党的路线方针和政策，努力工作，认真履行了一个基层干部的职责，受到广大村民的赞赏和上级组织的肯定。2016 年 5 月，根据有关政策，他被纳编成了一名国家公务员，并且任了龙头山镇党委的宣传委员，我祝愿他在新的工作岗位上兢兢业业，越干越好，取得更大的成绩。

第六章

路，是人类雕刻在地球上最耀眼、最自豪、最伟大的痕迹；是生命不甘蒙昧，追求文明和冲出封闭，超越时空的明证；是人类联系外界使自己求得生存和发展的纽带。

世上没有路，路是人们开辟和走出来的。

多少年来，昭通就憧憬着有一条飞架南北的大路，使莽莽崇山峻岭、悬崖峭壁和深箐沟壑纵横的乌蒙山变成通途。为实现这个梦寐以求的愿望，从古至今，昭通人用自己的聪明才智，勤劳和勇敢，进行了不屈不挠的探索和卓越的努力，同时付出了血和泪的代价……

乌蒙磅礴，磅礴乌蒙，它睥睨人世的伟岸气概，曾使这里成为英雄的摇篮，但同时也是这高峻的群山，成为制约昭通发展的瓶颈，使人们发出“噫吁嚱，危乎高哉”的感叹。于是走出昭通，走出大山就成了昭通人世世代代的梦想，“昭通”一词就是取昭明宣通之意。我们的祖先深深懂得“通”的哲理，政通才能人和，路通才能致富，宣通才能昭明，通则顺，通则畅，通才能使大山之中的老百姓融入这个火热而生机勃勃的时代，才能脱贫致富奔小康。

2000 多年前，居乐河发生了一次亘古未有的水灾，奔腾咆哮的洪水，裹胁着巨大的石头，漫天呼啸而来；顷刻之间，冲毁了居乐河两岸的村庄，吞噬了不少呼天抢地的生灵。从此，乐居、洒渔和靖安坝子，一片泽国，老百姓无家可归……当时，朱提奇男子杜宇从天而降，带领居乐两岸的老百姓，和洪水进行了殊死的搏斗，但是面对山呼海啸的洪水，他们望洋兴叹，一筹莫展，只得祈求神灵，一天、两天过去了，杜宇的虔诚并没有感动神灵，相反却大雨滂沱，居乐河水猛涨，更加肆虐，更加凶残……就在他万般无奈之时，恍恍惚惚之中，他似乎听到了一个来自天籁的声音：向北，开山筑路，走出去，才是朱提人更为广阔的天地……几天以后，杜宇面对灾难，选择了修筑一条战胜灾难，走出去的路。于是，他们翻山越岭、披荆斩棘，用自己的血肉之躯开辟了一条通往四川的羊肠小道。

公元前500年左右，杜宇在四川双流建立了蜀国，称为望帝。那时的蜀国北至陕西八百里秦川，南到莽莽苍苍的云贵高原，西接峰峦叠嶂的横断山脉，东与涪江为界和重庆相连。杜宇建立蜀国后，把朱提先进的农耕文化和青铜文化带到成都平原，从而结束了蜀国历史上的蒙昧阶段，巴蜀文明开始形成并走向繁荣。那时的成都平原，沃野千里，阡陌纵横，老百姓栽桑养蚕，抽丝织锦，到处男耕女织，小桥流水，好一幅五谷丰登，六畜兴旺的画图。

秦始皇统一中国后，为了有效地控制云南边陲，实现中央集权，他派大将常頞继承李冰父子未竟的事业，沿着进入昭通的五尺道，继续延伸。常頞没有辜负秦始皇的厚望，他屯兵滇东北，完全是用士兵的血肉之躯，历尽千辛万苦，几年时间，便使五尺道颇具规模。它犹如九天飘下的玉带，从昭通直接曲靖，全长2000多公里。昭通啊，就是由于这么一条通往外界的道路，使物质文明和精神文明已发展到相当程度的巴蜀诸地，对昭通的影响和渗透，更加紧密，更加直接。沿着五尺道崎岖的山路，巴蜀乃至中原有一技之长的能工巧匠，带着各种工具器皿进入昭通，他们在漫长的岁月里，繁衍、生息，世代相传，把精巧的技艺留在了这块丰饶美丽的土地上。

五尺道的修建，是人们对自然的征服，是文明对愚昧的一次伟大进军，是梦幻和向往的一次冒险。五尺道与昭通历史有着太多的纠葛。

杜宇从这里率他的部落北上，在成都建立了蜀国；诸葛亮南征，以攻心为上，七擒孟获；忽必烈挥师迂回，包抄南宋；明太祖数十万士兵平定云南；鄂尔泰改土归流；护国军北上讨伐袁世凯；龙云、卢汉崛起炎山，叱咤风云，功成名就；姜亮夫只身入蜀求学，成为一代国学大师……走的都是这条路。它是昭通人用毅力和胆量在大山中走出的一条亘古的痕迹。秦时明月，汉唐雄风，都消逝了，多少人的青春、汗水，悲欢离合，都在这条路上走远了。但是，有一种东西是长存的，那就是五尺道所代表的精神，鲁甸"8·03"地震，它便充分地表现出来了！有路，就有生命，有路就能夺取抗震救灾的胜利；有路就能按照习近平总书记嘱托的灾后重建；有路就能让灾民致富奔小康。为此，昭通的筑路人梦牵魂绕，呕心沥血，筚路蓝缕，披星戴月，他们挥汗如雨献青春，他们出生入死建通途。历史，不应忘记灾后重建中道路建设的决策者、规划者和建设者的功勋，不应忘记他们在大山深处洒下的鲜血和汗水，牺牲和奉献，不应忘记已经流逝的岁月和已经远去的身影。历史，应当为他们记下了浓墨重彩的一笔。

那天，我从昭通乘车出发，到龙头山龙泉井村的耐石山村民小组，全是新修的柏油大道，宽畅、平坦。道路的两旁，碧绿欲滴的行道树，挺拔繁茂，郁郁葱葱和蜿蜒起伏的青山浑然一体，给我强烈的感触，犹如穿行在图画中。行驶的汽车不颠不簸，十分平稳，听到的是沙沙的摩擦声，这么险峻陡峭的大山深处，竟有这样的公路，让人恍如就在梦中。到昭通，在和市交通运输局的领导交谈中，我十分清晰地知道了，在灾后重建，交通基础设施的恢复重建中，仅是公路的项目就有 70 个，共 1371.6 公里。其中省道 7 条，只占 409.2 公里，县乡公路 6 条 405 公里，农村公路55条557.4公里，客运站2个，总投资39.6524亿。这让我不难看出，总的投资方向，均倾向于农村，在抓住灾后重建的这个大好机遇，让乡村公路的建设，可用翻天覆地来形容它。不少的地方，公路的建设前进了15年，甚至有的地方前进了20—30年时间。而在公路到达的地方，村子也不大，多的只有10多户，少的就是三五户，不少村民出行，就是走这么一两市里，就可到达宽畅平坦的柏油路了。市交通运输局，让灾区的交通条件焕然一新，是他们从上到下，整个系统紧扣目标，上下联动，各司其职，敢于担当，敢于负责，狠抓落实而实现的。一开始，市交通运输局就拟定了恢复重建交通的专项实施方案，即将70个项目层层分解，细化落实到各县区。其中，市局负责的项目两个，总投资112070万元；昭阳区负责的项目4个，总投资10200万元；鲁甸负责的项目30个，总投资77751万元；巧家负责的项目34个，总投资196503.1万元。可见，整个交通的恢复重建，重点摆在鲁甸和巧家两个重灾县，总投资超过27亿元，从而体现了灾后重建的重点，就在鲁甸和巧家。

为使交通基础设施恢复重建有力有序推进，市政府成立了鲁甸6.5级地震灾后恢复重建交通专项工作协调领导小组，负责统一领导，统筹协调，督促检查交通恢复重建规划的实施。市交通运输局也及时调整了局重建指挥部的内设机构，切实发挥交通主管部门综合协调、统筹各方的职能。各县区亦相应地成立了交通恢复重建指挥部，具体抓好恢复重建的落实工作。同时，为加强领导、协调，市交通运输局在原来的基础上，又增设了由分管领导任指挥长的昭巧二级公路指挥部、沙小公路指挥部。进一步做到了目标明确、任务具体和责任落实，形成上下齐抓共管，人人肩上有责任的机制，实现了严密的组织保障。

回顾抗震救灾的日日夜夜，救援部队的及时进入，伤员的紧急送达，医疗救治站和市县医院的及时抢救，从而挽救了不少人的生命；救灾物资的运送，灾民的转移安置，完全取决于道路交通，畅通的道路交通，成了名副其实的生命线……

地震时，一大堵山体坍塌下来，把龙头山通往乐红的公路堵塞了，而最恼火的事情是把骡马口进入龙头山腹心地带的车辆完全阻断在龙泉河的左边。龙泉河虽小，但天天晚上下大雨，洪水猛涨，所有的车辆无法通过，从而截断了重灾村社翠屏、八宝、银屏、西坪、新民、官寨等和外界的交通联系。导致伤员转移不出去，急需的救灾物资运不进来，抗震救灾面临巨大的困难。龙泉河成了救灾的咽喉死结，唯一的办法就是在龙泉河上架一座铁桥，方可打通抗震救灾的生命线。

为了打通这条生命线，动用了十多台大型机械，上百名工人忙了两天两夜，8月5日的晚上10点多钟，第一辆满载着救灾物资的卡车通过这座钢架桥，直抵龙头山灾民最需要的地方。钢架桥的架通，彻底打通了边远重灾区的村村寨寨通往外界的出路。对此，市文联主席吕亚平和作家杨恩智在自己的报告文学《生路》中，有一段极为精彩的描写：

“出路就是生路！钢架桥一通，在这座看来极普通的桥上，一辆又一辆的车呼啸而过，一车又一车的救援物资和医疗药品被运送进去，一批又一批救援器械、设备也开始往上面向灾区推进，一个又一个伤员，被车辆拉着，开始往外面的医院送。钢桥成了名副其实的生命通道。”

通畅的道路，是取得抗震救灾辉煌胜利的关键所在；是实现灾后重建，让被灾难造成废墟的土地上，建成一个个灾民安置点，一栋栋别墅式楼房，一座座社会主义新农村的关键之所在；更是灾民发展各种产业，过上幸福生活，奔向小康的关键之所在。正因为如此，市交通运输局在灾后恢复交通重建时，牢牢地树立“交通先行”和抓好重建项目的建设就是抓发展的理念。从而选择了中铁十一局、云南建工等技术力量强、施工经验丰富、管理水平较高的央企、国企作为工程的总承包方，为确保工程的质量、进度、安全和形象奠定了基础。同时，还科学地制定了施工时间进度表，明确工程建设的内容、人员、机械设备、现场负责人等。倒排工期，倒逼进度，挂图作战，夜以继日，殚精竭虑，抢工期，抓进度，多作业点、多头推进的方式，克服了项目分散、时间紧、任务重、施工难度大等困难。到我提笔书写这篇报告文学时，交通基础设施恢复重建的70个项目中，已有51个项目的主体工程完工。其中就有市交通运输局负责的项目1个，昭阳区负责的项目1个，鲁甸县负责的项目23个，巧家负责的项目26个，占项目总数的73%。

百年大计，质量第一，交通的恢复重建，功在当代，利在千秋，是彰显以习近平同志为核心的党中央，人民至上的执政理念和国家高速发展，即将立于世界民族之林的大国救援。所以严格项目的法人责任制、招标夺标制、工程监理制、合同管理制和工程质量终身负责制。同时采取“一个项目，一套班子，一系列管理体制，一套考核机制”的管理措施，把工程质量、安全、进度，综合管理同部署、同安排、同检查、同考核的有效办法。更为重要的是还得把好基础程序、资金、质量、安全、进度五个根本性关键，务必把交通的灾后恢复重建工程建成“民心工程”和“满意工程”。为此指挥部针对质量等五个关键，实行每天一巡视、每周一检查、每月大检查，想方设法把哪怕是一丁点的隐患处理在萌芽状态。做到了建一个项目，树一座丰碑，锻炼培养一批干部和提高一批技术工程人员的水平。

市交通运输局尽管制定了如此科学、可行、务实的工作程序，但自己却没有高枕无忧，而是定时不定时召开恢复重建推进会、通报会，及时掌握工程进度，对进度缓慢、管理不规范的施工点及时督促整改到位，并建立重处重罚机制，严格兑现奖惩，并精准到点到人。在昭巧公路的恢复重建上，就抽调了36位技术骨干挂钩各施工路段和施工项目，实现了重点项目全覆盖。因而对田坝大桥、甘家寨隧道、甘家寨大桥、边坡、桥梁等控制性重点工程实行“一个重点项目，一套人马，一套考核办法，一套施工组织方案”的组织措施，从而使工程进展有序、安全、优质。

在整个交通恢复重建中，市交通运输局做到了文明施工，并和县区乡镇建立稳固的合作协调关系，所以能在第一时间稳妥解决征地和施工过程中出现的种种矛盾。正确处理了群众性阻工350余次，累计人数达2500人，他们本着群众要求合理的及时解决，不合理的诉求，坚持正面疏导，以情感人，以理服人，用真诚感动群众，用国家的政策循循善诱，耐心细致地工作，整个重建工地，充满了相互理解、相互支持、和谐共建的氛围。它为灾后交通的重建留下了浓墨重彩的一笔。

灾后重建的1371公里柏油路，蜿蜒在灾区的万水千山之中，它像一道道飞天的彩虹，连接着历史和未来，辉耀我们民族的豪情和追求，它把北京和边疆，把以习近平同志为核心的党中央和昭通600万人民的心紧紧地连在了一起，使昭通的脱贫致富，奔小康的目标，越来越近了……

龙头山地震，造成12万间房屋倒塌，700多人遇难，近3000人受伤，23万人需紧急转移安置。它破坏性极重，虽然其震级不大，却造成意想不到的灾难，根本原因，就在于灾区的民宅，几乎全是没有任何抗震能力的土坯房。一旦受到外力的推搡和摆动，便犹如疏松的山体倒塌那样，里面被压的人很难有生存的空间，即使不被压死，也会被窒息而死。所以，越贫穷的地方，农民尚且能遮风挡雨的土坯房，抗震性能差，不少的土坯房就是承受自身的重量，都很勉强，似乎有些摇摇欲坠，只要遇上哪怕就是四五级的地震，都会摧毁它，给人带来致命的劫难。龙头山地震，造成这么惨重的后果，就是贫穷，所以无法建筑具有防震抗震的房子，故市住建局就认为：房屋坚固防震，才是地震灾难中拯救生命的王道，这需形成各级政府的一个共识。

为解决这个问题，云南省就和全国同步，实施农村危房改造和地震安居工程。昭通便于2006年实施了地震安居工程，2009年又实施了农村危房改造工程，目的是解决农村贫困群众的基本居住的安全问题。故从2009年到2013年的5年时间内，共投入各级政府补助的资金22亿元，共改造农村危房近27万户，名列全省第一。其中鲁甸县的危房改造和地震安居工程14850户，灾害袭来，倒塌损毁的只有104户，仅占0.7%；受损严重的为506户，占3.4%；轻度受损的占858户，占5.6%；未受损的则占13382户，占90.1%。

巧家实施农村危房改造和地震安居工程共14850户，在龙头山地震时，除包谷垴乡2007—2008年实施的218户严重受损，498户轻度受损外，包谷垴乡和新店镇2009年以来分别实施的1330户，无一户受损。虽不说坚如磐石，固若金汤，但只有少数的房屋出现裂缝，根本没有人受伤或者死亡。就目前世界的科学水准而论，地震不可预测，更不可避免，人类唯一的办法，就是建筑小震不坏、中震可修、大震不倒的防震民宅。随着我国经济的迅猛发展和惠民政策的频频出台，实现这个目标就在眼前。

在鲁甸和巧家灾区恢复重建中，学校和医院一栋栋高楼大厦已在废墟上拔地而起，一座座集中安置房和花木扶疏、环境优美的村寨，更是如雨后春笋般崛起，2016 年春节前后，就有 2.5 万灾民搬入新居。他们现在居住的房子就是按小震不坏、中震可修和大震不倒的标准设计而建筑的。以后，龙头山又发生了几次 3—4.5 级地震，大多数人坐在家里时，除感受到地震外，均泰然自若，没有一丝一毫的惊慌，灾后重建的民宅经受住了考验。所以，李克强总理今年春节前第二次来到龙头山地震灾区，看了犹如新城一般的龙头山集镇，又去了几户灾民家，和灾民谈心后，连连欣喜地说道：拿出这些钱搞了灾后重建，成绩斐然，值得！张高丽副总理去年来龙头山灾后集中安置点看了，也说：这些灾后重建的房子，设计合理、适用。但为了实现这个目标，市住建局几乎所有的领导、机关工作人员和专业技术人员，从恢复重建那天开始，就包村包户，几个月时间都坚守在重建的最前线。他们举办了多期培训班，不少中学毕业的灾民积极踊跃参加，通过培训，他们初步掌握了一些建筑术语，看得懂建筑设计图纸。更为有效的是，培训过后，这些技术人员又深入到各家各户的建筑工地，结合施工的实际，耐心细致地对着图纸讲解。省委书记陈豪到龙头山，知道这些情况后，说道：通过灾后重建，把灾民培养成建筑工人，以后还可促进建筑业的发展，对灾民的脱贫致富，意义深远。

2015年的1月13日，光明小学的千余名学生，告别了临时搭建的板房，搬进了由昆钢承建的钢结构抗震教学楼，并举行了竣工典礼。省委书记李纪恒，省长陈豪，副省长李江、丁绍祥、和段琪、张祖林都参加了，还视察了正在建设中的翠屏小学和不少的民居，他们都颇为高兴、颇为赞叹。觉得灾后重建中，用什么材料，修成什么样的房子，对改变村民的思想观念、思维方式和生活方式至关重要。更加可喜的是提升了他们的生活质量和幸福指数，为社会主义新农村的建设，提供了可复制的范本。

市住建局在取得抗震救灾的阶段性胜利后，就迅速启动了恢复重建的前期工作。

首先他们牢牢地抓住了民房的排危和公共建筑应急评估工作，紧急抽调了全市150多名工程技术人员，对灾区的公共建筑进行了应急评估，于2014年8月8日完成了应急评估的外业工作。共完成公共建筑416个项目，999个单体建筑，总面积达到67.4万平方米。其中A类606个单体建筑，占60.7%；B类86个单体建筑，占8.6%；C类120个单体建筑，占12%；D类20个单体建筑，占2%；E类167个单体建筑，占16.7%。即是说，A类为基本完好或轻微受损，B为中等破坏，C则为严重破坏，D为倒塌，E为存在着安全隐患。

同时启动了民房排危工作，全市累计投入了141265人次，机械640台次，共排危59357户，占需排危总数67936户的87.37%。

市住建局处理完应急的工作外，便及时开始了市政设施规划编制的前期工作。他们不仅对前期工作进行了全面的安排部署，同时还对市政基础设施恢复重建项目进行了筛选论证。为国家恢复重建规划编制，不仅提供了建设项目的基础资料，而且为国家灾后重建的规划、决策和资金的配给，提供了较为科学合理的依据，对灾后重建举足轻重，意义深远。

在此基础上，根据市人民政府的决定，市住建局开始了龙头山、火德红和包谷垴三个集镇的规划编制，并委托云南省城乡规划设计院对三个重灾区进行规划设计。9月30日，市政府召开会议，经过认真讨论、研究后，原则上通过了省城乡规划设计院的规划、编制，10月底提交基本设计方案，从而加速了灾后重建的工作。紧接着民宅的灾后重建也拉开了帷幕，集中安置点的选址、规划设计也有条不紊地在鲁甸、巧家等灾区形成高潮。而市住建局的工作，则是环环相扣的，一旦灾区规划设计和选址的工作落实，进入实质性的施工建筑后。他们又及时地提出了民房的建造原则、户型的设计、建筑材料的选择和使用要求，对地基与基础的一般要求和常用基础类型构造、砖混结构的抗震构造措施、安全施工注意事项做了具体的规定。同时，还派了众多的工程技术人员下到灾区，除督促检查外，还现场培训，耐心解释、指点，让一些有识图能力的灾民或工匠按图施工，确保灾后重建按质、按量、按时完成。更为精彩的是，在统规自建中，不少灾民在游泳中学会了游泳，有了修房盖屋的一技之长，为他们今后脱贫致富奔小康，奠定了相应的基础。在昭通的建筑企业中，绝大多数的技工和杂工都来自农村，但其差别十分明显。技术工人的报酬，每天200—400元，而杂工的则只有70—100元，突破100元的太少，而他们整天从事的虽是简单的劳动，如挖土、挑混凝土、背砖等，但十分辛苦，常常汗流浃背、如牛负重。而技工从事的则是手头活路，如贴砖、抿糊、装饰等等，而这些技工在建筑行业里还十分紧缺，杂工成群结队，不少农民还往往找不到卖苦力的地方。我认识一个叫张华的农民工，读书不多，五六年前，凭着自己的聪明好学和刻苦努力，现在40岁不到，就成了十分抢手的技工。凭着他娴熟的技艺，他还不愿意做每天400元的天工，而是明码标价做计件。不管是铺地砖，安装抽水马桶、洗漱台和室内装修等，他都得心应手，他告诉我说：他每天的收入都在600—700元之间。现在不仅在黑泥地老家盖起了新房子，而且买了两辆轿车，他一辆，妻子一辆，进城打工，就是驾驶着轿车来的。原来他和妻子打工的地点，多在开发商的工地和党政机关修建办公楼的工地，他嫌不能及时拿到工钱。现今，全帮私人装修房子，除了能交城里的朋友外，还能及时拿到该得的报酬。找他装修房子的人家还很多，甚至排上了队，有些渣渣筋筋、说话不好听的人家，他还不耐烦帮别人装修，他敢如此，靠的就是精湛的技艺。而他身上的这些本事、绝技，不是天上掉下来的，而是撸起袖子苦出来的，谁肯花力气、下功夫，就可熟能生巧、出神入化，任何天才，都是勤学苦练和汗水浇灌出来的，这是颠破不灭的真理。

市住建局为了科学地指导全市灾民恢复重建，切实提高民房抗震设防水平和抗震性能，建设统一、规范、适用、美观、安全的住房，他们严格按照“抗震安居，节约用地，经济适用，突出特色”的原则，经多方征求意见后，又经省住建厅核准，在2014年9月19日，编印了灾后民房重建的指导图集。在整个图集中提供了12套民居推荐方案，25套民居参考方案，5套钢结构方案和施工参照图。因而具有较强的针对性、指导性和可操作性，得到灾民和全市其他需要建房的村民青睐和热捧。李克强总理说花这点钱值得，张高丽副总理说实用，就是对他们精心制作的指导图集的认可。

灾后重建的指导图集，只是万里长征迈出了第一步，若要让它变成现实，今后的道路不仅漫长，而且充满了荆棘、坎坷和艰险。市住建局便大手笔、大气魄、大胆略地整合云南省建工技校和市、县住建系统的专业技术师资，深入灾区乡镇、村社第一线，不仅对重建农户进行培训，而且对包保干部、专业技术人员、工匠等直接参与灾后重建的工人进行专业技术培训。对建房选址、材料选择、施工技术和施工安全等进行有的放矢的培训，让他们各得其所，在自己负责的工作上更加专业、更加内行。

在灾后重建中，有不少的灾民选择了钢结构的民宅建设，这是一个新鲜事物。随着经济文化的发展和社会的进步，在村民中推广钢结构的建筑，不仅有现实意义，而有深远的历史意义。市住建局有计划、有目的地派出好几个工作组，深入到龙头山、火德红和包谷垴三个样板房建设的乡镇对施工质量和施工安全进行督查，同时收集各种各样的信息，从而做好钢结构的民宅建设。

在过渡安置时期，市住建局在适时的时候，搭建了板房127179平方米，其中学校90640平方米，卫生院19381平方米，党政机关17158平方米。使得学校在地震后的秋季学期按时开学；也使得有伤、有病的村民，能就近且能及时得到救治；更让党政机关能坚持办公，为灾民排忧解难。2014年国庆前后，我曾去了龙头山，蓝天白云下，插在学校、卫生院和党政机关板房上的五星红旗，迎风猎猎飘扬，它昭示着大灾面前，龙头山、火德红和包谷垴等重灾区没有倒下，他们正在以习近平同志为核心的党中央领导下，在国家的帮助、扶持下，即将巍巍然站起来，傲立于灾难过后的废墟之上！

过渡期之后，市住建局按照中央和省市指挥部的安排部署，把民居的恢复重建作为重中之重的大事抓牢、抓死。他们紧盯节点，牢记使命，苦干实干，奋力攻坚，以最周密的组织，最细致和有力的措施，最坚决的信念，齐心合力，开展了恢复重建的“百日大会战”。经过一年的艰辛努力，总数为69029户的民房恢复重建任务按质、按量、按时完成了。其中特困户20502户，一般农户68338户，城镇居民691户；民房维修加固155924户，其中农房154744户，城镇居民1180户。同时鲁甸23个、巧家10个和昭阳12个集中安置点的灾后重建也全部完工，累计完成投资94.0812亿元，其中政府补助37.4111亿元，群众自筹56.6701亿元。

在群众自筹的56.6701亿元的建房资金中，有13.1656亿元，覆盖重建户39141户，修缮加固户4823户，是通过重建贷款筹集的。在这个问题上，市住建局通过多次向上级部门的汇报、协调、争取，在省委、省政府的关心和支持下，从中央专项资金中调剂了2亿元，作为民房建设贷款担保资金，同时拓宽抵押担保物范围，又建立了联保机制，最终破解了贷款难的问题，让灾民得以按时开展恢复重建。

声势浩大的灾后重建启动后，建材的供应便出现求大于供的局面，建材的供求，必然形成以市场为主导的格局，这样的结果，肯定加大了重建灾民的经济负担。面对这一新的情况，市住建局深入第一线走访巡查，摸清底数，鼓励企业根据实际要求扩大产能，优化建材销售点布局，方便群众采购。共设立砂石生产供应点228个，钢筋供应点

213个，墙砖生产供应点260个，水泥供应点214个，全力保障了灾区的建材需要。与此同时，还配合县、区、乡、镇，加强建材市场的管控，杜绝个别商贩落井下石，抬高市价，甚至以次充好，作假卖假，坑害灾民。正因为如此，尽管建材市场供不应求，但市场却秩序井然，为灾后重建的顺利进行，提供了建材的供给保障。

在灾后重建形成高潮时，真是龙腾虎跃，万马奔驰，如火如荼，方兴未艾，但却给交通运输带来了可想而知的压力。据统计，重建的高峰时期，来往灾区，仅是运输建材的车辆就超过1600辆，若加上其他的车辆，就高达1800—2000辆，故每天的运力达到24000吨。所以，交通管理迫在眉睫，它成了重建成败与否的关键。首先得保证受地震而损坏的公路必须按时保通，否则这重建的千军万马就无路可走，谈何重建啊？有了可供行驶的公路，强化交通疏导，是保障畅通的必要手段，可想而知，在那百车争驰的公路上，每个驾驶员都心急如焚，都想让自己的车辆飞起来，快速把建材送到重建户的工地。但在行驶的过程中，稍有不慎，就会造成拥挤，又因前不见车首，后不见车尾，络绎不绝的车辆一旦失控涌来，转瞬之间，就能把运输线堵死。一旦出现这样的窘况，要疏通它，是一件颇为苦恼的事情，不得不让市住建局事先通过调查研究，制定公路的保通方案。方案形成，要付诸行动，否则就成了纸上谈兵，这件事说起来似乎不太困难，但要付诸实践，真是一件让人望而生畏的事。但职责所在，他们是没有任何退路的，只有破釜沉舟，决一死战，正因为如此，显得整个重建是一个浩大的系统工程，它需要领导、决策者运筹帷幄，决胜于千里之外。

百年大计，质量第一，为实现这个目标，市住建局就组建了两个质量安全督查小组，坚持对受灾的四个县区开展不间断的重建质量安全巡视抽查工作，突出发现问题，并及时解决问题。凡带普遍性的问题，还通过简报、专题抽查报告的形式，提醒包保干部、工程技术人员和工匠引起注意，保证建筑质量。同时，还指导四县区组建了14个驻乡村民房重建质量安全小组，选用了村级质量安全监督员723名。要求他们驻点值守，定期检查，重点抽查，随机暗访，全面开展对重建民房的质量安全的巡视和监督。所以，直到灾后重建落下了帷幕，也没有出现人为的质量安全事故。但市住建局却累计巡查了1152项，覆盖了四县区的51个乡镇，抽查重建户61484家，发出问题通知书5255份，整改建议书2286份。之所以如此，是他们用认真负责，敢于担当，用心血、汗水换来的。短短的一年时间里，累计开展民房重建技术培训444场次，参训人员22869人次，发放培训资料17379份，从源头上确保了民房重建的质量安全。

市住建局为了确保民房重建如期完成，让老百姓能按时搬进新居过春节，他们往往采取了不少的超常措施。紧盯目标，强化保证，一鼓作气，自加压力，真可谓夜以继日，餐风宿雨，殚精竭虑，始终把灾后重建摆在首位。做到了施工单位把计划细化到天，落实到组，推进现场施工力量的配置最优化，工程项目建设立体化。同时还开展了“万人大会战”的活动，那些你追我赶、奋力拼搏的场面，现在回忆起来，还是那样清晰，那样激动和振奋人心。

在灾后重建的那些岁月里，市住建局根据市委、市政府的要求，不仅竭尽全力抽调了包保干部深入重建第一线，局领导也多次深入灾区研究，检查指导包保工作。从而形成包保干部沉底基层、埋头奋斗、扎实推进，局领导运筹帷幄、上下联动、共同奋斗的格局，让灾后重建中包保落到了实处，抓出了成效。

灾后重建，是灾民的重建，他们才是建房的主体，所以得坚持把灾民满意不满意作为重要的标准，进一步健全、强化、完善群众参与、知情的机制。所以，从项目的规划、设计到项目的选址，从资金的使用到质量的监督，从收集建议到处理纠纷，全程都让群众参与进来，并让他们充分发表自己的意见，提出自己的诉求。做到群众的事情，一定要和群众商量着办，不能包办代替，更不能把自己的意志强加在群众的头上，从而发挥人民群众灾后重建的主体作用，实现了皆大欢喜的重建。

历史为市住建局在灾后重建中，留下精彩纷呈的一笔。

习近平总书记曾说道：

“党从诞生之日起，就把全心全意为人民服务作为根本宗旨，并一直为之奋斗。纵观人类社会发展史，我们可以自豪地讲，世界上没有任何一个政党像中国共产党这样，始终把人民群众摆得最高，看得最重，始终与人民群众同甘共苦，鱼水情深，始终为人民群众披肝沥胆，鞠躬尽瘁。

“革命战争年代，面对铁与血，生与死的考验，党始终坚持一切为了群众，一切依靠群众，从群众中来，到群众中去的群众路线，甘冒枪林弹雨，不怕流血牺牲，前仆后继，勇往直前，说到底就是为了让人民不再受压迫，翻身做主人。

“和平建设时期，面对诸多的艰难困苦，种种风险诱惑，党始终坚持权为民所用，情为民所系，利为民所谋的执政理念，聚精会神搞建设，一心一意谋发展，夙夜在公，无私奉献，说到底就是为了让人民生活得更加幸福，更加尊严。”

总书记是这样说的，更是这样做的，并且贯彻始终。按理说，一个泱泱大国的总书记和国家主席，他真是日理万机，并且都是和国家命运攸关的大事，但他却始终把只有全国国土面积四百多分之一，人口也只有全国二百分之一，且十分落后、贫困的昭通，记在心上，正是总书记执政理念最有力的体现。他说：

“中国有960平方公里，58个民族，13亿多人口，经济发展水平还不高，人民生活水平也还不高，治理这样一个国家很不容易，必须登高望远，同时必须脚踏实地。我的执政理念，概括起来说就是：为人民服务，担当起该担当的责任。”

他还说：

“凝聚共识很重要，思想认识不统一时要找最大公约数。中国梦是一种形象表达，是一个最大公约数，是一种为群众易于接受的表述。中国梦归根结底是人民的梦，生活在我们伟大祖国和伟大时代的中国人民，共同享有人生出彩的机会，共同享有梦想成真的机会。有梦想，有机会，有奋斗，一切美好的东西都能够创造出来。

“作为国家领导人，人民把我放在这样的工作岗位上，我就要始终把人民放在心中最高的位置，牢记责任重于泰山，时刻把人民群众的安危冷暖放在心上，兢兢业业、夙夜在公，始终与人民心心相印，与人民同甘共苦，与人民团结奋斗。”

习近平总书记更是多次说过：

“我会见一些国家领导人时，他们感慨地说，中国这么大的国家怎么治理呢？的确，中国有13亿人口，治理不易，光是把情况了解清楚就不易。我常说，了解中国是要花一番功夫的，只看一两个地方是不够的。这样一个大国，这样多的人民，这么复杂的国情，领导要深入了解国情。这叫识民情，接地气。

“为政贵在行，注重落实是为政之要，从政之本，不干，半点马克思主义都没有。实现中华民族伟大复兴是一项光荣而艰巨的事业，需要一代又一代中国人为之努力。空谈误国，实干兴邦。抓落实是我们党执政能力的重要展现，也是对各级领导干部工作能力的重要检验。”

2015年1月19日，习近平同志离京，第一站就选择了龙头山，正是他执政理念的体现，他擂响了灾后恢复重建的鼙鼓，只经过一年不到的拼搏，昭通就从根本上旧貌换新颜，跨越发展了15年到20年。同时使昭通迎来了前所未有的发展机遇，昭通的历史翻开了崭新的一页。

中国的现在，比历史任何时期都更加接近中华民族的伟大复兴这个目标，比历史上任何一个时期更有信心、有能力实现这个目标，从而圆了中华民族近百年来最伟大的中国梦。这个梦想凝聚和寄托几代中国人的夙愿，体现了中华民族和中国人民的整体利益，是每个中华儿女一种共同的期盼。习近平总书记顺应历史，深切地知晓13亿人民志向高远，充满自信的追求，未来的中国，必是洁净的空气，清澈的河水，茂密的森林，无垠的草原，看得见春花的绚烂，听得见夏雨的诉说，感受得到秋月的清朗，触摸得到冬雪的精灵。毋庸置疑，习近平总书记的执政理念越来越贴近实际，越来越尊重人民的感受，在以习近平同志为核心的党中央坚强领导下，中国人民真正地从来没有这样意气风发，斗志昂扬。用我们的聪明才智和勤劳的双手，一定把中国建设成富强、民主、文明、和谐的社会主义现代化强国。

中华民族伟大的复兴梦，已不太遥远，它犹如东方喷薄欲出的朝阳，已经露出了地平线！